あなたと虹を作るために

福田恭子
KYOKO FUKUDA

幻冬舎MC

あなたと
虹を作るために

目次

第三章　仕事と家庭

第四章　共に歩んだ日々

第一章　突然の別れ

第一報

二〇一八年一月二十日（土）。ヴェネツィア。午後九時三十分。

（日本は日曜の午前五時三十分。熟睡中だわね）

深い寝息をたてている夫を思いながら、メールを送った。

夫の博史《ひろし》は今月六日から一時帰国中。私は同行せず、ヴェネツィアに残っていた。

こんなに長く一人暮らしをするのは、結婚生活二十六年余りにして初めてである。

「そろそろあなたのお声が聞きたくなってきました。気をつけて来てね。待っています」

二時間半後、博史から電話がかかってきた。

「どうしたの？　今日は朝から忙しいんだ、と言ってたのに」

「僕も君の声が聞きたくなったから」

いつもと変わらぬ、ちょっとハスキーな明るい声だった。

「ヴェネツィア、寒いんだって？」

「凍えてるわよぉ。カイロが足りない」

「大量に持っていくよ」

毎日のメールですでにやりとり済みの内容だったが、電話で直に伝えられて、声の聞けることがうれしかった。博史も、はずんだ口調で返事してくれた。

「箪笥《たんす》の一番上にある厚手のセーター、見つけられたのよね？」

「うん。もうバゲージに入れといた。トレッキング用の靴も入れたぞ」

「はいはい。楽しみね」

二人で、春になったらドロミテ地方へトレッキングに行くつもりだった。日帰りで行ける距離なので、週末に一泊すれば素晴らしい旅になるだろう。高原の澄み切った空気を浴びて可憐な高山植物の写真を撮るプランを、カメラが趣味の博史は楽しそうに練っていた。

「でも、トレッキングの前にカーニバルですからね。忘れないでよぉ」

わざと甘えた声で念押しすると、

「ほんとに仮装するのか？　僕は仮面だけでいいよ」

「ダメよ。私が一人で侯爵夫人になったって意味ないでしょ。舞踏会にはカップルで行くものよ」

「わかったよ……ま、いいか」

渋々みたいな声を作っていたが、内心では博史も楽しみにしていることくらいわかっている。

世界三大カーニバルの一つに数えられるヴェネツィアのカーニバルは、お祭りの多いイタリアの中でも最大規模だと聞いていた。ロミオとジュリエットみたいな中世貴族の衣装を身にまとった男女が街を練り歩き、パレードや舞踏会なども催される。観光客も貸衣装で参加できる。

この年は、一月二十七日から二月十三日までが開催期間だった。

博史のヴェネツィア赴任は、あと六カ月で終わる。カーニバルは一生に一度の経験だろうから、ぜひ参加してみたかったが、二人で衣装を借りて舞踏会の見物チケットを購入すると二十万円近くかかる。その分、飛行機代を節約しようと話し合い、今回は博史が単身で帰国することにしたのだった。

三十分ほど話して、

「じゃ、今日はバタバタするから、電話もメールもできないと思う。飛行機に乗る前に、成田から電話するよ」

「気をつけてね」

「うん。ありがとう」

「じゃあ、ね」

受話器の向こうの博史の息遣いを聞いてから、電話を切った。博史はいつも、私が電話を切るまで待ってくれた。

翌日は、一日を張り切って過ごした。

家を念入りに掃除した。市場へ行っていつもより少し上等のハムとチーズを買った。ワインを冷やした。野菜は、次の日に新鮮な物を買うことにした。博史がサン・マルコ空港に着くのは午後九時四十分の予定だから、余裕があると思った。


イタリア時間の午後八時二十分。日本では二十二日の深夜四時二十分。簡単な夕食を済ませ、写真の整理をしていた。

ＬＩＮＥ電話の呼び出し音がした。東京にいる二十五歳の娘・千博《ちひろ》からだ。二十三歳の息子の正博《まさひろ》はしょっちゅうスカイプしてくるが、娘からの電話は初めてで、珍しいなと思った。

「もしもし、どうしたの？」

私の言葉を最後まで聞くこともせず、娘は一気に告げた。

「ママ、落ち着いて聞いてね。あのね、交通事故があって、それで、パパが亡くなりました」

それが、第一報だった。

西原《にしはら》博史《ひろし》。享年五十九。早稲田大学社会科学部教授。早稲田からヴェニス国際大学に赴任中、日本に一時帰国していた間の交通事故だった。

ヴェネツィアで

「ママ、大丈夫？」

娘の声が、耳の中で空回りした。

娘は、私が動転することを予期していたのだろう。強い声をあげた。

「ママっ、聞こえてる？　私だよ、ママっ！」

「……嘘っ」

と言ったことを覚えている。

「嘘っ」

その先、言葉が続かなかった。

「ママッ、大丈夫?!」

悲鳴に近い娘の声が、トゲのように耳に突き刺さった。心臓がギュッと縮まった。

「いつ？」

「今から三時間ほど前。警察から電話があって、病院に来てくださいと言われて……、それで……」
二、三秒、沈黙があった。
「……正博と一緒に……確かめて、きた」

娘と息子が確かめたのだ。

嘘じゃないんだ。現実なんだ。

瞬間、しっかりしなきゃ、という思いが電流になって全身に走った。

帰らねばならない、日本に。

「一番早く、日本に帰れる飛行機を取るから」

「ママ、大丈夫？　迎えに行かなくてもいい？」

「大丈夫。すぐに手配する。そっちは？　正博はどうしてる？」

「疲れて、今、寝てる」

「わかった。寝かせておいてやって。オーパには？」

「まだ知らせてない。こっち、今、朝の四時半なの。早すぎるでしょ」

「そうだわね……」

オーパとは、夫の父のことである。ドイツ語で「おじいちゃん」という意味で、娘が生まれたときに「まだおじいちゃんとは呼ばれたくないから、ドイツ語のオーパにしてくれ」と言ったため、そう呼んできた。義母が約八年前に亡くなった後、義父は我が家のすぐ近くに引っ越してきて一人住まいをしている。

博史は、ひとり息子である。この三月に九十歳を迎える義父に、いったいどのように伝えればいいのか。どんな言葉でどんな言い方をすれば、少しでもショックをやわらげることができるだろう。

私が伝えるべきだが、電話で話すには、重すぎる。義父が倒れかけても、支えることもできない。

娘が「私が行くしかないと思う」と、覚悟した声で言った。

義父は、初孫の千博を目の中どころか胃の中、心臓の中、どこに入れても痛くないと言うに違いないほどかわいがっている。

二十五歳の娘にはあまりにもむごい役目だが、ほかにどうしようもない。

「あなたにお願いするしかないわね。オーパはいつも八時くらいにお起きになるから、その頃に電話して、行ってくれる？」

「うん、わかった。そうする」

辛い仕事を娘に頼むからには、母親の私もしっかりせねば、と思った。

まず、飛行機のチケットの手配をせねば。

いったんＬＩＮＥを切り、日本行きの便をネットで探した。指先は、ちゃんと動いた。しかし、目が何も見ようとしない。

日本からここに来るために、何度もやった作業なのである。安売りチケットの料金は目まぐるしく変わるので、博史の分と合わせて二枚、少しでも安い航空会社を探して毎日検索するのが私の役目だった。

「しっかりしろっ」

自分を叱った。

「日本に帰らなきゃいけないんだから。一番早く成田に着くチケットを一枚」

パソコン画面を見る目に力を込めた。

ようやく見覚えのある画面が出てきて、作業を進めることができた。

翌日午前七時発ブリティッシュ・エアラインを押さえた。日本着は、二十三日午前十時三十五分。遅くとも午後一時頃には自宅に着く。

すぐにＬＩＮＥ電話で、娘に伝えた。

「迎えに行かなくてもいい？　大丈夫？」

娘がまた心配してくれた。母親を気遣うことで、かろうじて自分を支えているような声色だった。

まさか、このヴェネツィアまで、迎えに来させられるわけなどない。何がなんでも、私は一人で帰国せねばならない。

「大丈夫、ちゃんと帰るから。私よりあなたは？　寝てないんでしょ。少し休んだら」

「うん、横になってる。今、ソファ。ベッドで寝たらオーパのとこに行きそこねてしまいそうで」

「起こしてあげるよ」

「うん……」

「朝になったら、まずオーパのとこに行って、それから……」

こんなとき、何をすべきなのか。暗闇の中で手を伸ばすみたいに、すべきことを捜した。

職場への連絡が最優先事項だ。

「九時に、大学の、社会科学部の事務所に連絡してちょうだい」電話番号を伝えた。

「電話して、何を言えばいいの？」

「とりあえず、連絡して。それから……」職場に迷惑をかけないようにしなければならぬ。

「S先生のご連絡先を聞いて。それで、S先生に、ヴェニス国際大学への連絡と、このアパートのことを相談して。大学は冬休みだけど、もうすぐ新学期が始まるから、後任の教員を決めなきゃいけないと思う」

S先生は博史の同僚で、早稲田大学国際関係担当副理事。三カ月前にヴェネツィアでの会議のためにいらっしゃって、このアパートで夕食を差し上げた。そのときには息子もいて話が弾み、楽しいひと時を過ごした。S先生なら、ヴェニス国際大学への対処をお願いできる。

「後任の先生のために、このアパートが必要なら、すぐに空けるから。いつでも使ってもらえるようにするから、とお伝えして」

「わかった」

「……ほかのこと……お葬式のこととかは、帰ってから相談しましょう」

「うん、そうだね」

「……それから、朝になったら、両隣と庭続きのお宅にご挨拶に行って。いろいろご迷惑をおかけするかもしれないから」

「……パパ、この家に帰ってもらう？」

「もちろん。パパ、おうちが大好きだったもの。一階の和室に寝かせてあげて」

「でも、あの……寝かせてあげられるようになってない」

夫と子ども二人、かなり散らかしてしまったらしい。だが、どうしても、家に迎えたかった。どこかの会場に運んでそのままというのは、嫌だ。

「お隣さんに、お掃除を頼みなさい。本当に申し訳なくて恥ずかしいけど、この際、仕方ない」

「……そうだね」

思いつくままに話しながら、「しっかりせねばならぬ、きちんとせねばならぬ」と自分に言い聞かせ続けた。やらねばならぬことを口に出して話し合える娘の存在が、私を支えてくれた。

七時発の飛行機に乗るためには、午前三時にはアパートを出なければならない。それまでの間に、荷物を詰めなければ。

娘との電話を切って、荷作りを始めた。

何を持って帰るべきか。

日本に帰ったら、葬儀をしなければならない。その際に必要な物一式。私は、実父を二十歳のときに病気で亡くし、義母と実母も見送った。親戚や仕事関係の葬儀にも立ち会った経験がある。葬儀の手順はだいたいわかる。

今回は、妻としての立場だ。ちゃんとお送りせねばならない。その役目は、ほかの誰にもできないことなのだ。私は、博史の妻なのだ。

まず、棺に入れる物の準備をせねばならない。夫の好きだった物。夫が大切にしていた物。アパート中のクローゼット、棚、机の引出しを点検した。

ここぞというときのための背広、ジャケット、セーター、シャツ、パンツ、そのほかの洋服。とっておきだったペンケース、お気に入りの万年筆、普段使いの機能ペン。

胸が苦しくなったのは、ひと月ほど前にヴェネツィアで買ったばかりの靴を目にしたときだった。工房を兼ねた小さな紳士靴店で博史が見つけた、美しい茶色の革の紐《ひも》靴。博史は私をその店に連れて行って店主に紹介し、「ね、いいだろ」と大喜びだった。その靴を、胸に抱いた。すぐに込み上げてきた感情を、ぐっと押しとどめた。箱に入れ、バゲージに詰めた。周りをセーターでおおって、箱がつぶれないようにした。

博史の思い出をたぐることを、自分に禁じた。感情に負けてしまったら、日本に帰れない。博史が今いるのは日本だ。私は彼のもとに帰らねばならない。

夫の物を詰めた後、自分の荷物を選んでいった。喪服一式。ヴェネツィアでも必要かもしれないから持ってきた。まさか夫のために持ち帰ることになるなんて。

いや、これ以上考えてはいけない。作業に集中するのだ。

途中、気になって、飛行機の出発時間を何度も確かめた。

何度目に確認したときだったろう。血の気が引いた。日にちを間違えているのではないか。最短はあと七時間もすれば飛ぶ。が、一日間違えて翌日の便を予約したかもしれない。「えっ、えっ」と焦るばかりで、日付の数字がぐるぐる回る。

すぐに娘に連絡した。

「間違えてる？」

「間違えてるよ、ママ」

「どうしよう」

うろたえる私に

「ママ、チケット、取り直して」

「……そうね、そうよね。取り直さなきゃね。でも……」

「しっかりして、やってみて」

「間に合うかしら。間に合わなかったら、どうしよう」

「とにかくやってみて」

娘が（ママを支えなきゃ、私が冷静にならなきゃ）と思っていることが伝わってきた。

そうだ、私も冷静にならねばならない。

パソコン画面を操作した。手が震えた。今度は先程と違って、目は見えているのに指が言うことをきかない。

大理石の床に、こぶしをガツンガツンとぶち当てた。

やっと気が戻って、旅行社にメールした。

「夫が急逝したとの連絡を受け、気が動転しており間違えてしまいました。どうか一日早い便に振り替えさせてください。なにとぞお願い申し上げます」

届け！　頼む！

五分も経たずに、返事が来た。振り替えのできたことが通知され、末尾に「心よりお悔やみ申し上げます。道中、お気をつけてお帰りくださいませ」と書かれていた。本当にありがたかった。

その後、冷静でいられなくなりそうになると、こぶしを大理石の床に打ちつけて、作業した。

午前〇時、日本時間午前八時。娘から電話が入った。

「ママ、どうしよう。オーパに電話してるけど、つながらない」

声が震えている。今度は私が落ち着かねば。

「まだ寝ていらっしゃるんだと思う。五分おきに電話して」

「直接は行かないほうがいいよね？」

「まず電話してからのほうがいいと思う」

「そうする」

二十分後。

「オーパとつながった。今から、行ってくる」

「頼むわね。オーパのお力になってあげてね」

「……わかってる」

孫の訪問を、喜々として出迎えるいつもの義父の姿が目に浮かんだ。

義父にとって、娘にとって、なんとひどい時間になることか。義父は、たった数時間前には、こんなことになるとは夢にも思わずにベッドに入ったはずなのだ。今日も元気に過ごそうと思って、起きたはずなのだ。それなのに、なんの前触れもなく、聞かされることになるなんて。

義父は、心臓に不整脈の持病を抱えている。高血圧でもある。どうか倒れないでください、と祈り続けた。

三十分ほどして、娘から電話が入った。

「行ってきた。話してきた」

「どうだった？」

「うーんと言って目を閉じて、しばらく顔を天井に向けてた。それから、『わかった』って言った」

「それだけ？」

「事故のこととか聞かれたけど。病院のこととか……。知ってるだけ伝えた。『ママは？』と聞かれた。明日の昼には帰ってくると伝えた」

義父は、西原春夫。第十二代の早稲田大学総長である。昭和三年生まれ。あとひと月余りで九十歳を迎える。これまで山も谷も多い人生を歩んできて、八十二歳のときに配偶者を病気で亡くし「人生、もう何があっても怖くない。わしにはだいたいのことがもうわかってるから」と豪語していた。

義父のこのときの胸中は、察することもできない。

だが、さすがだ、と思った。「わかった」と、ひと言か。私も、心を強く持たねばならない。

娘とのＬＩＮＥ電話を切ったりかけたりしながら、帰国のための作業を続けた。

気がゆるむとその場にへたりこんでしまいそうになるのを、奥歯を噛んでこらえた。

飛行機のチケットを取り間違えるというあり得ないミスによって、目が覚めた。もうミスは許されない。

書斎の机の上に、勤務先のヴェニス国際大学関係の書類を、誰が見てもすぐにわかるように置いた。留守中、誰かが取りに来ることになるかもしれないからだ。

みっともないことがあってはならない。博史に恥をかかせてなるものか。

部屋を片付け、洗面所を水拭きし、ゴミを出した。

その間、日本の友人たちから次々にＬＩＮＥとメールが入ってきた。

「今朝のニュースで見た。恭子さんはヴェネツィア？」

「驚いた。気をつけて帰って」

「ニュースを見て、まさかと思った。しっかりしてね」

夫の事故死は、朝いちばんのニュースで報じられていたのだった。

すべてに返信する余裕がなく、メールへの返事は後回しにさせてもらい、ＬＩＮＥにだけ返信した。

「これから日本に帰るところ。明日の午前十時三十五分に成田に着く予定です」

それに対して、「日本は大雪です。気をつけて帰ってね」と、誰もが返してくれた。

まさか飛行機が遅れるほどの大雪だとは、そのときには思いもしなかった。

日本へ

午前三時。アパートを出た。エレベーターのない三階である。「重量超過料金を払えば済む」と覚悟して詰め込んだバゲージと、機内持ち込み制限ギリギリの大きさの手荷物とハンドバッグ。

ここに来るときには、体重計で重量を量り、博史と相談しながら荷物を調整した。アパートには、博史が私の荷物も持ち上げてくれた。そんな思い出が、よぎった。すぐに、思い出に浸っている場合ではない、と自分を叱りとばした。

ヴェネツィア本島は南北四キロメートル、東西二キロメートルの、アドリア海に浮かぶ小さな島である。島内には大運河と無数の小さな運河が縦横に流れていて、小さな運河は「毛細血管」に例えられるほど、細くてうねうね曲がっている。その運河に沿って、細い路地が走っている。本島内では自動車も自転車も禁止。代わりに水上バスや水上タクシー、つまり船が早朝から深夜まで利用できる。

だが、午前三時に運航している定期船はない。水上タクシーは乗場が遠いうえに料金が高いので乗ったことがない。空港に行くためには、島の先端にあるローマ広場まで歩くしかない。そこからは、空港行きのシャトルバスもタクシーもある。

バゲージを引きずって歩いた。肩にかけた手荷物の中には博史愛用のカメラと私のＰＣ。ハンドバッグにはタブレットと貴重品。

道は舗装されておらず、石畳である。しかも、古い。路面にはでこぼこがあり、ゆがんでいる。たびたび、バゲージの車輪が石畳の溝にはまってバランスを崩した。

この道は、イタリア語のレッスンのために通った道だった。レッスン後、いつもウィンドウショッピングや、ときには屋台で果物などを買ったりしながら歩いた大好きな道だ。

一時間ほどかかって、ローマ広場に着いた。空港行きのバスは、午前六時までない。タクシーに乗った。

午前五時。サン・マルコ空港到着。チェックインを済ませて、待合室に入った。

実は、この本を書くにあたって気づいたことがある。アパートで娘と話したことなどは、思い出すことができた。三年経っても、自分が発した言葉や娘の言葉と声など、お焦げのように心の底にこびりついていた。

しかし、アパートを出てから空港までの記憶が、歩いたこととタクシーに乗った事実のほか、ほとんど思い出せない。言葉にして話すことをしなかったからだろうか。何も考えず感じず、ひたすら歩いたのだろうか。それとも言葉にしなかったために記憶の仕組みから抜け落ちていったのだろうか。

町がしーんと静かで、うっすらと明るかった。その灯りのなかに、店のウィンドウが照らし出されていた。石畳の溝に何度もバゲージの車輪を取られた。だが、バゲージを引っ張り上げた折の重みとか痛みとかの感触が残っていない。一月末の早朝はものすごく寒かったはずなのに、肌の感覚もない。ゴミ収集の人や観光客らしい若者グループたちも「見た」のでも「見えた」のでもなく、ただ視界に入ってきただけ。

私の記憶が次につながるのは、サン・マルコ空港の待合室でスマホを開けたときである。

スマホには、数人からのメールが届いていた。どれも「朝のニュースで知った」「恭子さんはどこにいるの？　大丈夫？」という内容だった。

ネットニュースにも載っていたというので、検索した。

『早稲田大学教授、西原博史さんが……中央高速道路で事故を起こし、その後何らかの事情で道路に出たところを、トラックにはねられた』

初めて、概略を知った。取り返しのつかないことが起きたのだ、と明確に認識させられた。

飛行機はサン・マルコ空港を定刻通りに離陸し、トランジットで午前八時二十分、ロンドン・ヒースロー空港に着いた。

成田行きの出発は午後一時五十分である。約五時間の待ち時間。それでも、週に数便しか飛ばない直通便より早く日本に着く。

待合室でまたスマホを開けた。メールはどんどん増えて、十人以上の受信があった。

みんな、心配してくれていた。一人ひとりの顔が浮かんだ。なんとありがたいことかと思った。が、読み続けていくうちに、心臓がドキドキして、呼吸が苦しくなった。博史が死んだ、逝ってしまったと、どの文面もが伝えている。

返信せねば、と思ったが、できなかった。一人ひとりにメールを書くことは、一回一回夫が死んだことを確認する作業だ。冷静を保てそうになかった。

後になって思えば、全員をＢＣＣにして、同じ文を返せばよかったのだ。「ありがとう。私は今、日本に向かっています。後ほどまた」それだけでよかったのに、ＢＣＣ返信という方法が思い浮かばず、すべての方をスルーしてしまった。本当に申し訳なかったと思う。

一方でＬＩＮＥは、会話のように口語的な言い方でもＯＫだし、短文でよいので、返信できた。

四人の友人とつながった。大学の合唱団サークル以来四十年以上の付き合いになる友人男性、ママ友が二人、趣味つながりの女性。

ヒースローでの四時間以上を、この四人はずっとＬＩＮＥ通信に付き合ってくれた。四人はグループでなくそれぞれ個人ＬＩＮＥだったので、順々に返信することで、私は長い待ち時間をつぶすことができた。

ありがたかったのは、四人とも博史のことには最初に触れただけで、あとはずっと日本は大雪だの、寒くて風邪をひきそうだの、とにかく食べろだの、トイレに行っておけだの、悲しみと向き合わせないでいてくれたことである。もしも彼らから「どうしてこんなことになったの？」と聞かれたり、「かわいそうに」などと同情されていたら、私は会話を続けられなかっただろう。

彼らは、ほかの友人たちの言葉も伝えてくれた。「○○さんが、何でもすると言ってる」「△△さんから『自分も二十年前に夫を亡くしているから、私にしかわからない気持ちがあるはずだ。そう伝えて』と言われた」等々。

日本はすでに午後になっている。娘と息子は病院に行って忙しくしているはずなので用事以外の電話はできないなか、私の心に寄り添って、四時間も付き合ってくれた友人たちには、今思っても感謝しかない。

やがて、飛行機は定刻通りヒースロー空港を離陸し、順調に成田に向かった。

成田着陸が近づいて、トイレに行った。ぎょっとした。ひどい顔だった。頬っぺたをパンパン叩いた。だが、座席に戻ると、背筋を立てていられない。姿勢は崩れ、顔も弛緩する。いけない、と思うのだが、立て直す力がなかった。

涙は出なかった。悲しみも辛さも、よくわからなかった。お腹もすかず、眠くもない。現実ではないどこかを漂っているような感じだった。

感情のないロボットのようになって、着陸を待った。

ところが、飛行機は成田上空で旋回を始めた。

「大雪のためにいくつかの滑走路が封鎖され、着陸の順番待ちで渋滞中」という機内アナウンスが流れた。

着陸態勢に入ってからの旋回なので、パソコンを開けることもできず、機内から娘たちに連絡する手段もない。

突然、「博史に会いたい、一刻も早く顔が見たい、手を握りたい」という感情と、「このまま逃げ出したい」という感情が同時に込み上げてきた。心と体が引き裂かれそうだった。

怖い！

ハンカチを取り出し、思い切り強く噛んだ。

何言ってるんだ、恭子、しっかりしろ！

全身に力を入れた。

博史との再会

予定より一時間以上遅れて、着陸態勢に入った。

飛行機が地面に触れてガクンと揺れたその瞬間、「博史を追いかけなきゃ、博史を探しに行かなきゃ」という訳のわからない意識が脳に浮かんだ。間髪をいれず、「バカッ、何を言ってるのッ」と別の意識がよぎった。

そこで気づいた。私が向かっている先に、博史はいない。博史の体があるだけだ。私は今、博史に会いに行くのではない。博史の血の通わぬ体を引き取りに行くだけだ。博史の声を聞くこともない、どんなに急いだとしても待ち合わせのように「遅れてごめん」と言う相手はいない。

それでも行かねばならない。これからの仕事は、私が博史にしてあげられる最後の仕事だ。妻としての最後の務めだ。きっちり務めを果たす。夫、西原博史をしっかりお見送りする。

飛行機は、午前十一時三十分過ぎに、予定より一時間ほど遅れて成田に到着した。

到着ロビーは混んでいて、思いがけず大勢の日本人による日本語の洪水に巻き込まれた。大雪のせいで都心への交通網がガタガタだった。成田エクスプレスも京急も、チケットを求める人々で長蛇の列。タクシーは論外で動いていない。

予定では、私は病院に駆けつけて博史に会い、そこで少しなりとも二人だけの時間を過ごした後に、葬儀社の車に同乗して帰宅する手はずだった。しかし、病院にも自宅にも移動する手段がない。

娘に電話した。

「家まで帰る方法がないのよ」

できるだけ冷静に言ったつもりだが、悲鳴のような高い声になってしまった。

娘は、忙しそうだった。朝から病院に行って説明を受けてきたと言い、「病院には、正午までしかいられないの。今はオーパが付き添ってる。私と正博は、お迎えの準備のために、先に家に帰ってきたところ。家の前の道路も雪が積もってて、車もノロノロしか走れない。それから、和室とリビングの掃除、お隣さんがやってくださった」

お隣の奥さんが掃除機とゴミ袋を持ってきて、和室も台所もきれいにしてくださったという。庭続きの家の奥さんは、食事を届けてくださった。

出版社・成文堂の社長も駆けつけてきて、家の前の道を雪かき最中とのこと。

「正博は何をしてるの？」

「電話番。電話の前に座りこんで、『母が今日、帰ってくるので、いろいろなことはそれから決める、ということになっています。すみません』と、ずうっと言い続けてる」

息子も、非常事態に必死に対処しているようだ。

私は成田で動けない。十分おきくらいに娘と電話で話す。博史を自宅に搬送する寝台車が病院に来るまでに、病院へ行けるか、間に合わないか。

とうとう、「葬儀社の方から、寝台車がもうすぐ病院に着く、という電話があった。ママは直接家に帰ってきて。パパには、オーパが付き添ってるから」ということになってしまった。

「わかった。病院には行かないで、家に帰るわ」

（ああ、二人だけで過ごすお別れの時間が、なくなってしまった）

重い宣告を受け入れる気持ちで、自分に言い聞かせた。

後から思い返せば、夫と二人きりの時間が持てなかった結果、取り乱さずに済んだのかもしれない。もしも彼の変わってしまった姿に会っていたら「何か言ってよ！」と泣き崩れていたかもしれない。取りすがる機会をなくしてしまったことが、よかったのかどうかは、今もわからない。最後にもう一度、誰も見ていないところで、思い切りハグしたかったのだけれど。

午後四時頃、やっと自宅に着くことができた。

博史はまだ帰っていなかった。

葬儀社が、ぎりぎりまで私を待ってくれたうえに、雪道で時間がかかった。にもかかわらず遠回りをして勤務先の大学の前を通ってくださった。義父が大学の事務所に電話してその旨を伝えたので、事務職員の方々が総出で車を迎え、見送ってくださったそうだ。大学の正門、大隈講堂、大隈庭園への道、キャンパスに通じる道……等々、博史が長い年月歩き慣れた道を、ゆっくりお別れしながら、彼を乗せた車は進んだそうである。

玄関に着いた私は「ただいま」と、できるだけしっかりした声を出した。

出迎えた娘と息子は「ママ」と言ったきり、言葉が出ない。

駆け寄ってきたのは、愛犬の凛太郎だった。黒柴犬、十三歳の老犬だが、一カ月ぶりに会う私に一生懸命しっぽを振って膝にしがみついてきた。

「凛ちゃん」

頭を撫でてやると、ますますうれしそうに頭を私の胸に押しつけてくる。心の中で（パパが）とつぶやいて、言葉を続けられなかった。

息子がバゲージを、家の中に引き上げてくれた。

成文堂の社長は、朝十時からずっと家の前の雪かきをしてくださっていたという。義父と先々代社長のときから家族ぐるみのお付き合いをしており、両家そろって毎年のようにスキーに行っていた。博史とは子どもの頃からの知り合いである。

「このたびは……」と言ったきり、社長は言葉を詰まらせ、頭を下げて「私は、外でご到着をお待ちしています」と、出て行かれた。車の待ち番をするというだけでなく、子どもたちと私だけにしてくださるお気遣いだと思った。

家内を見回した。リビングに続く和室は、様変わりしていた。襖や障子、床の間を隠して白布が天井から下がり、擦り切れた畳には白布が敷かれていた。そして、まぶしいほど白いカバーの掛かった布団が、そこに横たわる人を待っていた。見慣れぬ光景。白一色の光景。この世の汚れの見えない部屋。俗とは境界を画している部屋。

ここに博史が横たわるとは思えなかった。まるで冷蔵室みたいに白く冷えている。

もっと温かくしてあげて、と言いそうになって、はっとした。温かくしてはいけないのだ。部屋には、一月の大寒というのに、冷房がかけられていた。冷やしておかなければならないのだ。

寒がりだった博史を思って、かわいそう、という言葉が出そうになり、あわてて、奥歯を噛んでこらえた。子どもの前で、私が崩れてはいけない。

ほどなく、玄関の外に車が止まる音がした。走り出た。寝台車の助手席から義父が降りるところだった。黒服の男性が二人がかりで後部ドアから担架を運び出そうとしていた。担架には、白い布が掛けられていた。二人は、傍らに立つ私に一礼すると、慣れた手つきで丁寧に担架を家内に運び入れた。そして、博史を、夫の体を、布団に寝かせた。

「どうぞ」という言葉の終わりまで聞かずに、私は手を伸ばした。博史の顔に触れた。

はっとした。

冷たい。想像もしていなかった冷たさだった。もう一度触れ、冷たさと硬さに驚いた。とんでもない冷たさと硬さだった。

生きている人ではなかった。血の通わなくなった体だった。鼻が、博史の顔の特徴である大きな鼻が、骨ばって高く盛り上がっていた。鼻の孔には、ガーゼが詰められていた。目が閉じられ、まぶたが窪んでいた。

私の知っている寝顔ではなかった。寝息が聞こえない。表情がない。

「博史さん」

声をかけてその頭を両手で包み込もうとしたとき、

「ああっ、いかんっ」

義父の小さいが、はっきりした声がとどめた。それまでに聞いたことのない厳しい声だった。

一瞬のうちに、思い知った。

博史はもう、ただ寝ているのではない。起こそうとして揺すぶったりしてはならない、壊してはならない体、として存在しているのだ。

私たちの結婚生活は、終わった。二人で共に歩んだ人生は、二十六年と七カ月で止まった。

第二章　結婚

Nissie　西原博史

博史と私は、インターネットのサークルで知り合った。私が一九九〇年一月に入会し、博史が三月に入会した。

そういうと、近頃では「ええっ」と驚かれるし、我が子ですら「ママたち、そんなとこで出会ったの?」と、いかがわしいものを見る目をする。だが、私たちが出会った頃には、いわゆる「出会い系サイト」なるものは存在しなかったし、パソコン人口自体が多くはなかった。男女の出会いの場として活用されるのは、後年もっとネットが普及してからである。当時は、真面目な情報交換と交流のために使われ始めた時期だった。

西原博史は一九五八年九月七日、東京都で生まれた。

父の春夫は当時、早稲田大学の専任講師だった。母の幸子は早稲田大学の法学部を卒業して一時期デパートに勤めたが、博史が一歳になる頃に退職し、専業主婦になった。

博史が五歳のとき、父がドイツのフンボルト財団の助成を得てフライブルク大学に留学したため、一家で渡独。博史も現地の幼稚園に通った。

本人は「そのときに覚えたドイツ語は、グーテナハト（お休みなさい）くらい」と言っていたが、大人になってもドイツ人からはよく「発音が良い」とほめられていた。

帰国後、小学校に入った。その頃の写真を見ると、丸々と太っている。

体型だけでなく「いつも、ぼうっとしているような感じ」を心配した父が勧めて、剣道を習い始めた。良い指導者に恵まれ、地元の中学校と早稲田学院高校では部活に剣道部を選んだ。高校三年生のときに三段を取得した。

大学は内部進学で、法学部を選んだ。しかしまだ、法律の道に進むと決めたわけではなかったそうだ。

一九七九年、大学三年生のとき、父が在外研究でドイツに赴くことになったので再び、家族で渡独した。博史はフライブルク大学の留学生となり、大学の寮に入った。一年半の留学中にドイツ語を本格的に学び、ゼミで法律の面白さに目覚めた。

帰国後、憲法学者を目指して学部から大学院に進んだ。

大須賀明先生のゼミで、「すごい先輩たちがいて、毎日のように侃々諤々《かんかんがくがく》、議論している。

ついていくのに必死だったけど、めちゃくちゃ楽しかった」

が、修士修了後の博士課程試験で落ちてしまった。英語が足を引っ張ったとか。浪人中の一年間、「かなり真剣に悩んだ」そうである。自分は本当に憲法学者としてやっていけるのか。父が高名な刑法学者であるが故のプレッシャーもあった。「七光りと言われるのだけは、絶対に嫌だったんだ」

それでも、ほかの道に進むという決断もつかなかった。

悩みつつ、京都大学の大学院試験も受けることにして、願書をもらいに京都に行った。

「一人旅で話し相手もいないし、町をぶらぶら歩いても、受験とか将来のことが気になって、ちっとも楽しくなかった。それで、北野天満宮へ合格祈願に行こうと思ったんだ」

北野天満宮の交差点で信号待ちをしていると、目の前の赤い鳥居が「立ちはだかっているみたいに見えた」

そのときに、はっとしたそうである。

「僕のこの心の弱さが問題なんだ。本当に好きなら、一生を賭けるべきだ。神頼みしている場合じゃない」

そのままUターンして帰京し、英語の勉強に向き合った。同時に「父は刑法、僕は憲法。僕は自分の好きな道を進む。誰のせいにもしない人生を生きる」と決意した。

それからは、迷わなかったそうである。

翌年、博士課程試験に合格した。

尊敬する先生方や先輩たち、生涯の友となる同輩や後輩たちとも出会い、学外の勉強会にも参加させていただいて、喜々として学問の世界に飛び込んでいった。

後日譚になるが、結婚後、ある勉強会から帰宅した博史が「今日の講義、難しくて、さっぱりわからなかった」と、頭を抱えていたことがある。

「わかっている人に教えてもらえば？」

「みんな、わからなかったんだ」

「全員がわからなかったの？」

「いや、○×さんだけは、理解していたみたいだ。……僕はまだまだダメだなあ」

しきりに溜息をつく。

慰めたくて「よかったわね。そんなすごい場にいられるなんて、幸せなことじゃない。ありがたいわねえ」と言うと、

「うん。本当にそう思うよ。僕は恵まれてるよなあ」

心底、うれしそうだった。

一九八九年、博史は博士課程在学のまま早稲田大学社会科学部の助手に採用され、論文を大学の『紀要』などに発表していった。

論文は、推敲の連続である。まじめで一本気な博史は、法律について書くのに誤解される余地があってはならないと一字一句にこだわって、何度でも書き直す。新しい情報を仕入れることにも熱心で、次々に書き入れていく。

博史が大学院生の頃にはワープロもパソコンもまだ高嶺の花で、原稿は手書きが主流だった。かりに原稿用紙の一枚目に修正や挿入をした場合、たとえ原稿用紙二百枚まで書き上がっていたとしても、字数をそろえるために残りをまるまる書き写していくことになる。書き直しを嫌う人や朱筆で済ませる人もいたが、博史は「若手の論文は、きちんとした原稿でなければ読んでもらえない」と、清書にこだわっていた。

彼らしいエピソードがある。

博史の修士論文は、四百字詰め原稿用紙に五百五十枚超、分厚いファイリングで上下二冊。ところが、ページ番号の筆跡が、途中で変わっている。論文の書き直しに追われた博史がページの記入を後輩に頼んだのだが、原稿を書き直すたびにページ番号も書き直さなければならず、とうとうその後輩が音を上げ、別の後輩にバトンタッチしたのだそうだ。

そんな博史だったから、助手になって給料が入ると、すぐにパソコンを購入した。書き直しもページの打ち込みも、キー操作一つでできる。大喜びで、のめり込んだ。

もともと機械いじりや工作が好きである。小学生のときには古い時計をもらって、何度も分解しては組み立てて遊んでいたそうだ。

余談になるが、河原で小石を拾ってきてきれいに磨くとか、カマボコ板からリアルな魚を彫刻刀で掘り出すとか、そういう手作業にしばしば熱中していた。休日は、古い家具にニスを塗ったり、垣根や棚を作ったりして過ごすことも多かった。ＤＩＹ用の工具や材料を買いに行くときには、お小遣いを握りしめた子どもみたいにうきうきしていた。

私が台所の調理スペースを、焦がしてしまったことがある。お隣さんから桑の葉を頂戴し、血糖値抑制効果があるとされる桑の葉茶を作っていた。蒸し上げた葉を鉄のフライパンで大量に乾煎りした後、冷えたと思って調理スペースに置いておいたところ、表面は冷えていたのに、山盛りのお茶の中にこもっていた熱が調理スペースのシートを焦がし始めたのだ。そんなことになるなんて夢にも思っていなかったので、煙が立ち上ってから気づいた。あわててフライパンを取り上げたが、大理石模様のシートに直径三十センチ余りの黒焦げができてしまった。

しょげて「ごめんなさい」と謝った私を、博史は叱らなかった。「おう、すげえな」とひと言、それから焦げ跡を鑑識官のように点検し始めた。一カ月ほど経った夕方、仕事から帰った私がリビングに入ると、「ちょっと台所見てよ」と手を取らんばかりに誘う。見ると、新品みたいに修繕されていた。ネットで元の素材に似た物を捜し、各種道具を駆使して貼りつけたのだった。

「すごーい」

声を上げた私に、ドヤ顔で「この辺、ちょっと失敗したんだけど」と、わざと貼り合わせのちょっとずれているところを示す。「言われなきゃわからない。ありがとう」ほめたたえると、うれしそうに目元に笑いじわを作った。

掃除や整理整頓は苦手で、洗濯物や洋服類は取っ散らかっていたが、工作道具や機械類は大切に保管していた。

パソコンを手に入れた博史は、論文を書くだけでなく、様々な機能を試すことに熱中した。インターネットサークルにも入会した。ハンドル名はNissie と書いてニッシー。興味のおもむくままにいくつかのサークルをまわり、一九九〇年三月、「異文化交流サークル」にたどり着いた。

その二カ月前に、私が入会していた。

出会い

私は一九五四年十二月十七日、京都市生まれ。父は耕三、税理士。母は早苗、父の事務所を手伝いながらの主婦。三歳下に弟がいる。父は、私が二十歳のときにすい臓がんで亡くなった。

早稲田大学教育学部国語国文学科を卒業後、母校の京都女子高校の教員を経て、フリーランス・ライターになった。シナリオライターの小國英雄先生の門下生としてテレビドラマ『銭形平次』の脚本を書いたこともある。

博史と出会ったときは、三十五歳。日本文化を専門として、大学の市民講座講話録編集長、茶道家元や老舗料亭の広報誌編集長、全国紙のスタッフ記者を兼務し、雑誌に連載を抱えていた。新聞社主催のシンポジウムではアメリカの元国務長官一行の京都ガイドを務め、海外取材にも年に一度は出かけた。後輩が数えたところ、五十カ国に行っている。

当時は、半ペラと呼ばれる二百字詰めの原稿用紙に、万年筆で書いていた。

それがある日、新聞の編集者から「二、三カ月のうちに、ワープロ打ちの原稿にしてください」と告げられた。

私は機械に弱い。機械オンチ、数字オンチ、方向オンチと三拍子そろったオンチである。それなのに、ワープロ！　耳にしたことはあるが、自分とは関係ない世界だと思っていた。一生、手書きでやっていけると思っていた。いかん。このままでは失業してしまう。泡をくって、機械に強い友人に泣きついた。その友人が「キーボード操作に慣れるには、ネットサークルに入るのが近道だよ」と紹介してくれたのが、「異文化交流サークル」だった。

「名前、何にする？」と尋ねられて、「福田恭子」という名前にひっかけて「福田るま＝福だるま」とした。プロフィールには「るま」という名前と、フリーランス・ライターであること、京都生まれで今も住んでいること、海外渡航歴、趣味は歌、といったことを書いた。

このサークルは居心地の良いところだった。「異文化」を共通項としているので、みんな海外問題に興味があり、旅行好きが多かった。専門的な知識を持っている人も少なくなかった。

毎晩九時頃から常連が集まって、チャットする。

掲示板に書きこむ方法も習い、入会して一カ月経った頃、私は三年前に取材したイスラエルについてアップした。

「首都エルサレムは、ユダヤ教、キリスト教、イスラム教の聖地である。

街には銃を抱えた兵士が常に巡回していて、『持ち主のわからない荷物には、絶対に触れてはいけません。テロの爆発物かもしれないから』そんな注意を、どこでも聞かされた。一つの国の中で、宗教的にも政治的にも対立する存在があり、テロの脅威を感じながら敵視し合っている。

互いの違いを認め合って共存共栄していく道はないものか……云々」

すぐに、会員たちから反応が寄せられた。私は、一つひとつに、意見や感想を返信した。そうやって議論を深めていくのが、そのサークルの掲示板の使い方だった。

ほどなく、「Nissie」という名の入会したばかりのメンバーから「るまさんの意見に一票」という書きこみがあった。

私は、ほかのメンバーに対するのと同じように、返信を書いた。

「Nissieさん。ありがとうございます。だけど、そんなに簡単に賛意を表していただいてよい問題なのかと、頭を抱えてしまいました」

すると、翌日には、

「実に我が意を得た思いがしました。まさに、るまさんの言う通りです。簡単に済ませてよい問題ではありません。ですが、なぜ僕が賛意を表したかについて、エクスキューズさせてください」

という書き出しで始まる、生真面目かつ長文のメールが私の個人アドレスに届いた。八千字を超えていた。

驚いたが、ネットサークル新人だった私は、Nissieさんという人はきっとほかのサークルで活躍していて、このくらいのメールは普通なのだろうと思い込んだ。それで、こちらからも四千字以上の返信をした。彼の「エクスキューズ」が、ドイツの留学体験に基づいて、一国内でのキリスト教の旧教と新教の対立と共存について述べたものだったので、興味をひかれた。

Nissieさんはまたすぐに、ドイツでの具体的な事例をあげた長文の返信をくれた。その最後に「実は、ドイツと日本との〝良心の自由〟について憲法学の見地から述べた論文を『早稲田大学紀要』に発表したばかりです。よかったら、読んで、お気づきの点など教えてくださいませんか」とあった。

このときに、彼が憲法学の研究者であること、お互いに早稲田の出身であることがわかった。

論文はすぐに送られてきて、Nissieさんの本名が「西原博史」であることを知った。が、封筒に書かれている名前も宛先も住所も、すべて活字。その理由は、私が尋ねるより早く、本人からのメールで打ち明けられた。

「字が下手なので、がっかりされたくなくて、一字も書きませんでした」
「そんなに下手なんですか？」
「小学生のガキの頃から上達していません」
「ぜひ拝見したいものです」
「汗、汗……」

しかし、字よりも、中身のほうがずっと問題だった。論文たるや、チンプンカンプンだったのである。まず一文が長い。主語と述語がねじれていたり、どこにつながっているのかわからない修飾語があったり。

私は元高校国語科教師である。補習で、大学受験用の小論文添削をしたこともある。昔取った杵柄《きねづか》、放っておけなくて朱字《あかじ》で修正を書きこんでいった。どのページも真っ赤になった。

(こんなに真っ赤にしたのを送ったら、嫌われるだろうなあ)

ライターの仕事で何よりしんどかったのは、男性たちのプライドを傷つけずに仕事をもらうことだった。フリーランスという立場では、誰の原稿が採用されるかで競争になることがある。

あるとき、私の原稿が校正の段階まで通っていたのに、実際の紙面には男性の原稿が載っていたことがあった。校正担当者に「どうして差し替えられたんですか？」と尋ねたところ、「編集長から、差し替えるようにという電話があったんです。こっちは校正も終わっていたし、困ったんですけど、どうしてもということだったので」と打ち明けてくれた。

編集長に問い質してみると、返事はこうだった。

「君は独り者やないか。彼は家庭持ちで、ここんとこ原稿が採用してもらえへんで困ってる、言うて泣きついてきよったんや。しゃあないやろ。まあ、君も、はよ結婚したらええやろ」

今ならセクハラ兼パワハラだが、三十年前の当時は黙って耐えるしかなかった。いや、黙って耐えるどころか、「そうおっしゃいましても、もらってくださる方がいらっしゃらなくて。独り者も辛いんで、次はよろしくお願いしまーす」と、いつもより明るい声を作って言うしかなかった。嫌われてしまったら、金輪際掲載してもらえないからである。

誤字一つ、若い女性に指摘されると嫌な顔をする男性社員もいた。言い方一つに「男はんをたてる」気配りを求められた。

そんな職場を体験していたせいで、真っ赤っかになったこの論文を送り返すのは、ためらった。

が、結局、送った。

その翌日、いつもは夜にしか来ないメールが、珍しく昼間に届いた。

「送り返していただいた拙稿を見て、感激しています。こんなに丁寧に読んでくれたなんて。まだ全部読み直していませんが、確かにあなたの言う通りにすれば、読みやすくなりますね。取り急ぎ、御礼まで。また夜にメールします」

器の大きい人だな、と思った。Nissie さんの存在を意識した最初だった。

彼が独身であることは、その夜のうちにわかった。

「朱字の部分、半分まで検証したけれど、まだ終わっていません。まあ、独り者の特権で時間は自由に使えるので、今夜、ゆっくり吟味します」

私も「ご質問があれば、いつでもどうぞ。私も独り者なので、何時に電話されても大丈夫です」と返事した。

そうやって、私たちのやりとりが始まった。

Nissie さんは議論好きだった。チャットでも掲示板でも、異文化交流や国際問題関連がちょっとでも話題に上ると、相手が誰であれ、どんどん話しかける。質問をし、意見を述べ、反論には反論を。だが、どんなに白熱しても、自説にこだわって相手をつぶそうという態度ではなく、気持ちの良い議論をした。

あるとき、十人ほどでのチャットの最中に、一人のメンバーが「韓国の人々の日本人に対する反日感情は絶対になくならないよ」と述べた。

それに対するNissieさんの返しが
「百年河清《かせい》を待つ」

あれ？　いつも言っていることと違う。ひょっとしたら、ことわざの意味を間違えていないか、と思い
「Nissieさん。百年河清を待つ、とは、待ってても無駄、という意味ですよね？　黄河が清く澄むのを待っていても見込みないよ、という話でしょ？」

「えっ。あきらめないで百年待ち続けよう、という意味じゃないの？　希望を捨てるな、という意味だと思っていた」

みんなで大笑いした。

彼はあっさりと「大変失礼しました。無知をさらけ出しましたね。いやあ、おかげで、一つ賢くなれました。大感謝です」

間違いの認めっぷりが潔かった。

私が大失敗したこともある。

Nissieさんに出すべきメールを、アドレスの語尾がちょっと違う別人に送信してしまった。

「あのぉ、るまさんがNissieさん宛に出したメールが、僕のところに届いているのです

が……」

間違われた方がチャットの場で公開した。

ギョッとした私が返信するより早く、Nissieさんが

「あれま。すみませんが、うちの郵便受けに入れ直してください。るまさん、オッチョコチョイ。笑」

と、コメント。途端に、その場にいた人々から

「アハハ。それ、聞いたことはあったけど、実際にやらかした人、初めて見た」

「るまさん、手紙の中身は何だったの？　ラブレターとか」

冷やかしの言葉が続いて、その夜は大いに盛り上がった。

「オッチョコチョイ」そんなおおらかな言い方が、とても気持ちよかった。周りの空気を楽しくしてくれる人だと思った。

彼に惹かれていった。彼もまた、私のことを憎からず思ってくれていることを感じた。しかし、私は恋愛に進むことには用心していた。

三十五歳。恋愛するからには、結婚前提でなければ嫌だった。仲の良い両親を見て育った私は、結婚して子どもを持つことに憧れていた。同時に、仕事も続けたかった。

二十代半ばからお見合いなどで出会った男性に「仕事を続けてもいいですか？」と尋ね

ると、たいていの男性が「いいですよ。家庭のことをちゃんとしてくれるのなら」と返事する。しかし、実際に家事を専業主婦なみにきちんとこなして、そのうえで仕事もするというのは、私には不可能に近い。

友人のなかには「お見合いの席では、家事が大好きですと言うといて、結婚してしもたらええやん。結婚してから、私、この仕事やりたいわぁ、と上手に甘えたらええねん」と言う女性もいた。でも、私はそんなふうに上手に甘えられる自信がまったくなかった。

それに、ライターの仕事が楽しかった。多くの人に取材し、知らない世界を教えられ、言葉にして読者に伝える仕事。一年に大みそかと元旦の二日しかお休みがないような生活で、朝から晩まで飛び回っていた。目覚まし時計が鳴って「眠い。もうちょっと寝ていたい」と感じても、「今日は○△の取材があるんだった」と思い出すと、はね起きることができた。

愛する夫がいるから仕事もがんばれる、良い仕事をしているから夫とも敬愛しあえる。そんな夫婦像を夢見ていた。だから「僕も家事は協力するよ」と言ってくれる男性を求めた。

Niisie さんは、どうだろう。

彼に惹かれながらも、惹かれる気持ちが加速するのを恐れてブレーキをかけている状態が続いた。最終的には素《す》の自分を出して、うまくいかなくなったらサークルを退会すればいい、と開き直ってもいた。

Nissieさんと初めて顔を合わせたのは、五月の連休中、私が東京に出張したときである。東京のメンバーが、私の上京&Nissieさん入会の歓迎会をしてくれて、新宿の飲み屋に十人ほどが集まった。私たちは、中央に並んで座らされた。

彼の第一印象は、「ちょっと私のタイプではないな」だった。私は自分がオチビで太っているせいか、好きな男性のタイプは中肉小太り型である。Niisieさんは身長が高く、細かった。実際には一七五センチ、七十二キロと後で知ったのだが、見た目にはもっとやせて見えた。

楽しい宴会で、みんな大いに食べ、大いに飲んだ。全員が二十代前半から三十代後半の独身ぞろいのため、恋愛と結婚の話が中心になった。

一人の男性が「京都の女性って、いいよなあ。尽くしてくれそうで」と言い出し、みんなの視線が私に集まった。あわてて「いえいえ、人によります」と打ち消し、それから隣席のNissieさんを内心で意識しながら、意を決して、はっきり言った。

「私は仕事を続けたいから、仕事を続けさせてくれる人でなければ、お付き合いも結婚もしません」

すると、間髪をいれずに隣から声があがった。

「いいですね。僕は仕事を持っている女性がいいと思ってるんです。もちろん応援しますよ。だって、仕事はしてもいいけど家事も完璧にやれ、なんて無理でしょ。ただし、僕、家事は得意じゃないんで、協力しあってというよりは、手抜きしあって、ということになると思うけど」

なるほど、手抜きしあう、というテがあったか。ピンポーン。心の中で鐘が鳴った。

京都に戻ってNissieさんのプロフィールを見直してみて、彼が年齢を書き加えていることに気づいた。

「一九五八年九月七日生まれ」私より四歳年下だ。

彼のほうも気になっていたらしく、翌日のチャットで「るまさんって、何歳なんですか？」と聞かれた。覚悟を決めて、返事した。

「一九五四年十二月十七日生まれ。Nissieさんより四つ年上です」

「そうですか。年上だとは思ってたけど」

「どうして、そう思ったの？」

「なんとなく」

それで、心にひっかかっていたハードルが一つクリアできた。

私からも質問した。

「Nissie さんは、一人っ子ですか？」

数秒あって、「そうです。よくわかりましたね」

「わかりますよ」

「チッ。なんで？」

「なんとなく」

「るまさんにはかなわないなあ」

そんなやりとりが、うれしかった。

後に、結婚したい相手として博史のことを実母に話したとき、母から「あれだけ、一人っ子は嫌だ、とお見合いを断っていたくせに」と、あきれられた。

「一人っ子だと知らなかったんだもの」

いろいろな事情を知らないままに心が進んでしまったことが、きっと幸運だったのだろう。

私たちは、幸せな出会いをした。

彼と話していると、時間がすぐに経つ。

私たちは、毎晩二時間くらいチャットをし、それでも話し足りなくて四千字以上のメールを交換し合うようになった。五千字を超えることも珍しくなかった。

やがて、お互いの家庭環境についても話すようになった。

そして七月、博史が京都へ来て、私たちは婚約した。

彼のプロポーズはちょっと変わっていた。

「結婚という形は取らなくてもいいんだけど。つまり、事実婚でもいいんだけど」

「事実婚？」

「結婚して姓が変わると、それまでの論文とは著者名が変わるから、新人だと思われる場合があるよね、せっかくキャリアを積んできたのに。だから、紙切れの結婚証明書は提出しないで、事実婚を選んだカップルもいる。君が姓を変えたくないというなら、当然僕はその気持ちを尊重したいと思っている。僕も西原の姓を変えたくないし」

「私は、戸籍はあなたのほうに入れてほしい」

「えっ、そうなの?!」

「だって子どもができたときに、困るもの」

「そうなんだよ。そこが日本の法の不備なんだけど」

「仕事はペンネームということで、福田にしたいけど」

「もちろんだよ。考えたら、女優とかもみんな芸名だもんな」

「私は女優さんじゃないけど」

「表札は、西原と福田と、二つ掛けよう」

「はい」

仲良く並んでいる「西原」と「福田」の表札を想像して、うれしくなった。


ひと月後、私はタイとベトナムに出張した。

見送りに来た博史が「ゴミ、一つ持ってって」と言って差し出したのが、小さなダイヤ入りの指輪だった。

「ゴミ?」

「もうちょっと大きいのにしたかったんだけど、今の僕が買えるのって、ほんとにゴミみたいに小さいんだもの」

「ありがとう。ゴミじゃないよ。すごくきれい」

「実は、もう少し大きいのもあったんだけど、きれいなほうがいいと思って、これにしたんだ。だいぶ迷ったんだけど。……大きいほうがよかった？」

「ううん。これがいい。きれいだし、デザインもいいもの。ステキだわ。ありがとう」

「よかった！　ああ、よかった」

胸をなでおろして率直に喜ぶ彼の顔が少年みたいだった。

「それから、これも持ってって。どれも良い本みたいだよ」

と言ってカバンから出したのが、タイとベトナムのガイドブック三冊。

確かに良い本のようではある。だが、ハードカバー本で三冊は重いし、かさばる。まいったなあと内心思ったが、不平顔を見せて不愉快な時間になるのが怖くて、お礼を言った。

「ありがとう。ガイドブックを探す暇がなかったから助かる。飛行機の中で読むわ」

そのタイやベトナムで、私はどこを歩いても、博史のお土産ばかり気になってしまうのだった。Ｔシャツ、寺院や観光名所の絵葉書、男物のスカーフ、スイーツ。

相手のために買物する時間は、相手を想って使う時間だ。彼もこうして私のために指輪やガイドブックを選んでくれたのだ。好きな人のために時間とお金を使うことが、何よりうれしかった。

西原の両親の家を初めて訪れたとき、私は大失敗をしてしまった。

お手洗いを勧められて、特に行きたかったわけではなかったのだが、断るのが悪い気がして使わせてもらった。それが失敗の元だった。シャワートイレというものを知らなかったのだ。

「すみません、私、あの、とんでもないことをしてしまって」

「どうしたの？」

「あの、押したボタンが間違っていたみたいで、水があふれてきて」

「あふれた？」

「はい、あの、どうしましょう。床を濡らしてしまいました。すみません」

もう消え入りたかった。身を小さくして、おわび申し上げた。

「ひょっとしてシャワーのボタンを押したの？」

「ひょっとしたら、そうかもしれません。すみません」

大笑いが、三人の反応だった。

義母は「気にしないで。なんでもないから」と、やさしい。

義父はまるで自分たちの落度であるかのように「シャワートイレ、珍しいでしょう。うちは、私が座って仕事をするもんだから、痔があるのでね、これがないと困るんですよ。博史もそうだと思うんで、新婚所帯にも、シャワートイレは付けてやってください」

すぐに博史が「使い方は、僕が教えるから」と、笑いながら言う。

私はさらに縮こまって「すみません。あ、でも、ほんとに水びたしで……お雑巾、貸していただけませんか」

言った途端に、また爆笑された。

笑い声の中から、義母が小さくつぶやいた「よかった。安心した」という言葉が聞こえた。

その瞬間、義母が嫁を迎えるのに、しかも一人っ子の息子に四歳年上の職業女性を嫁にすることにどれほど不安を抱えていたかがわかった。この姑には孝行させていただきたい、と心から思った。

その日、義父からは、学者と結婚する気構えを教えられた。

「結婚については本当にうれしく思っているんだけども、実はお願いというか、承知しておいてもらいたいことがあるんです。学者はね、貧乏なんです。貧乏な生活を覚悟してもらいたい」

理由が、私の想像を超えていた。

「博史はね、今、貧乏です。これは助手という身分上、仕方がない。大事なのは、今後、講師になり助教授になっていったときです。いろんな出版社やら団体から執筆や講演の依頼がくると思う。そのときに、お金につられて引き受けると、学者としてはダメになります。そういう若手の時期は、研究に没頭しないと、大成はできない。それから、歳をとって教授になってからも、簡単にお金をくれるようなところには、警戒してもらいたい。教授のお墨付きをもらうために金を出すところも多いんです。だけど、学者としての名前を汚すようなところと手を組んではいかんのです。お願いできますか」

そういうことだったか、と納得した。心から頭を下げて

「わかりました。気をつけます。学者の家のことは知らないことも多いので、いろいろ教えてください」

「うん」

義父は、大きくうなずいて、傍らの義母に微笑んだ。

博史を振り返ると、誇らしそうに微笑んでくれた。

良いご家庭だ、その一員になるんだと胸が熱くなった。

結婚

十一月、京都・南禅寺近くの料亭で、双方の家族の初顔合わせの席を設けた。こうして、私たちの結婚は本決まりになった。

次の日曜日、婚約したことを、母と一緒に父のお墓に報告に行った。

父は、一九七五年四月、五十歳で、すい臓がんのために逝去した。体調不良を訴えてから、わずか二カ月余の闘病だった。私は大学の三年生に進級したばかりだった。

父を看取ったときのことを、あるいは父の人生を、ここで詳しく書くことはできない。それだけで一冊の本になってしまう。

ただ、ここで書いておきたいのは、父が特攻隊の生き残りだったことである。

大正十四年生まれの父は、昭和の年号と一緒に歳をとり、昭和二十年には学徒動員で特攻隊員だった。二回、死ぬ予定を生き延びた。一度目は飛び立ったものの敵機に遭遇せず、二度目は飛行機がエンジン不調で飛び立てず。そして、九月に三度目の出撃命令を受けていたが、その前に終戦を迎えた。

「出撃した飛行機が帰ってくると、『何機や－？』言うて、数えるんや。一機、二機、三機……、それがだんだん帰ってくる飛行機が少のうなっていって」

特攻隊の生き残りは、歓迎されなかった。名誉の戦死者が大勢いるなかで、生きて帰った者を見る目は決して温かくはなかった。

戦後、父は名前を変えた。次男なので「耕次郎」という本名だったが、「耕次郎は戦死しました。ここにいるのは耕三です」として、「耕三」という通称を名乗った。その後、長年使い続けたことによって戸籍名をも「耕三」に変えた。

その父が話してくれたことがある。

「なんで隣にいた者が戦死して、自分が戦死せえへんかったのか、どう考えてもわからん。ただ、生きていたから、お母さんと結婚して、二人の子どもを授かることができた」

「戦時中は、みんなが、お国のために我慢せんとあかん、と言うて、結局はみんなが不幸になった。みんなが幸せになるためには、どうすべきやったんか。まずは、一人ひとりが自分の幸せを考えるべきやったんと違うか。自分が幸せになりたいということは、人さまも同じように、幸せになりたいと思うたはるはずや。それやったら、自分だけやのうて、人さまも一緒に幸せになるためにはどうしたらええのか。そういう方向で考えるべきやった。自分の幸せを、お国や世間に決めてもらうようになったら、あかん」

私が早稲田への進学を望んだとき、祖母が「箱根の山を越えたら鬼が棲《す》んでるいうのに、なんで坂東《ばんどう》なんかに下《くだ》るんや」と反対したくらい古い考えの親戚の中で、父だけは背中を押してくれた。

「恭子の決めたことやったら、恭子の好きにしたらええ」

結婚について、父と話したことが一度ある。

東京出身の大学の同級生が「結婚相手の身元調査なんて、絶対に嫌。私の選んだ相手なんだから信用してもらいたい。相手の親が私のことを調べるのも嫌。結婚するのは私たちなんだから」と言った。私は、なるほどと思って、この話を父にした。

父は真剣に怒った。

「こちらのことをきちんと調べてもくれへんような相手に、恭子を嫁に行かせとうはない。結婚というのは、自分らだけのもんやない。お相手の方にとっても、大切に育てはった息子さんのはずや」

反論を許さない言い方だった。その剣幕に押されながら、同時に私は父に愛されていることを強く感じた。

それなのに、結局は、氏素性も知らぬうちに心惹かれ、結婚する運びになった。父がいたら、なんと言っただろう。「恭子はほんまにジャジャ馬や」とあきれたかもしれない。大笑いしたかもしれない。

そんな想像にふけっていた私の横で、母が墓石に向かって、

「お父さん。恭子が結婚しますのえ。ええお相手さんで、『恭子さんを一生大切にします』と言うてくれはりました。結婚したら東京に行きますけど、どうぞずっと見守ってやってくださいよ、頼みますよ」

血管が浮き出るほど強く両手を合わせて拝んでいた。

拝み終わると、「お父さんがやはったらなあ。どんなにあんたの花嫁姿を喜ばはったことやろうなあ」。悲しみのこもった声でつぶやいた。

父が亡くなって十五年経っていたが、母が「お父さんがやはったら」と声に出して言ったのを聞いた記憶は、三回しかない。弟が公認会計士の試験に合格したときと、弟が結婚したとき、そして今回、私の婚約を報告したときである。

博史との結婚生活を想像すると、楽しいことしか考えられなかった。一緒にいることが束縛ではなく喜びで、もっとずっと一緒にいたいと思えた。してもらうことを求める気持ちよりも、何かしてあげたいと考えるのが楽しかった。

結婚式と披露宴は、一九九一年六月十六日、東京のホテルで挙げた。

結婚式で、神父さんから「健やかなるときも病めるときも、富めるときも貧しきときも、常にこの者を妻として愛することを誓いますか？」と聞かれた博史は、めちゃくちゃ大きな声で言ってくれた。

「誓いますっ」

同じ文言で「夫として愛することを誓いますか？」と聞かれた私は、彼にだけ言わせてはならじと、声を張り上げた。

「誓います！」

神父さんが、すごくうれしそうにうなずいてくださったことを、今もはっきり覚えている。

披露宴の二次会で、友人から質問が出た。

「どちらが先に好きになったんですか？」

博史が「僕です」と迷いなく言い切り、私は「私だと思っていました」と正直に答えた。

第三章　仕事と家庭

新婚時代　長女誕生

新婚所帯は、田無市（現・西東京市）で持った。田無駅から徒歩二十分ほどかかる分譲マンションで、緑豊かな落ち着いた環境が気に入った。

その年の十二月まで、私が京都で働くことになっていたため、週末婚だった。新居からバスで田無駅へ、田無駅から高田馬場駅、新宿駅、東京駅、京都駅、烏丸駅と六つの駅を経由、五時間かけての通勤である。毎週月曜の朝六時前に家を出て、木曜の夜に帰宅した。京都で一人暮らしをしていたマンションは賃貸料がもったいないので解約し、月曜から水曜まで実家に泊まった。木曜の夕方になると、母が作ってくれた料理をいっぱい持って東京へ帰る。

東京のマンションに帰っては「ただいま」と言い、京都の実家でも「ただいま」と言える、二重生活の幸せを味わった。

母は、妊娠中の私を気遣って、いろいろ好物を作ってくれた。思いがけず、ハネムーンベイビーを授かったのである。職場の関係者や友人たちから盛大な祝福を受けて、年末に編集長などの職を辞し、生活のすべてを東京に移した。

翌一九九二年三月十五日、長女を出産した。

だが、幸せに満ちるべき日々が、思いもよらぬ辛いものとなった。それまで、仕事で一週間に十枚以上の名刺を使うのが当たり前だった生活から、友達一人いない土地で赤ん坊と二人、閉じこもる日々になったからである。

博史は、四月から専任講師になっていた。職場である早稲田大学社会科学部は、当時夜間学部だった。昼食を済ませて家を出ると夜九時まで授業があり、その後学生からの質問などを受けて、帰宅はいつも終電で午前二時過ぎ。

私は日中、大きなお腹を抱えて、誰ともしゃべることなく時間を過ごす。公園に行っても都心に働きに出る共働き家庭が多いようで、同年代を見かけない。早稲田時代の友人たちを家に招こうにも、仕事や子育てに忙しそうで、「遊びに来て」とは言いづらい。ネットに入っても、以前の仲間たちは深夜にチャットをするので、時間が合わない。鬱々としてしまった。

生まれた長女は、よく泣く赤ん坊だった。ミルクは飲ませた、おむつは替えた、抱っこしてる、あやしてる、なのに泣く。

博史は育児をよく手伝ってはくれた。おむつも替えてくれたし、早く帰宅できたときにはお風呂にも入れてくれた。

しかし、私は初めての母親業のうえに主婦業にも慣れていなくて、手際が悪い。母乳の出が悪くて粉ミルクを使ったが、三時間ごとにミルクを作って飲ませ、その後に哺乳瓶の消毒をしていると、寝る時間もない。

電話育児相談を利用したことがある。

「どうして泣いてばかりいるんですか」

すがる思いで尋ねた私に、ベテランらしい声音の女性は「愛情不足なんですよ」と断定した。「ご主人とよく話し合ってね。一人で抱え込みすぎないように」

博史には、愚痴は聞いてもらっていた。しかし、帰宅が午前様である。そのうえ、翌日の授業の準備があると言って、自分の書斎に入ってしまう。私は娘を抱いて「愛情不足のせいで、この子は泣くんだ」と、自分を責めた。

出産して六カ月が経った頃、這うようにして娘を布団に寝かせ、博史が帰ってきたのにも気づかない晩があった。

博史が私の顔色を見て仰天して、体温計を取り出してきた。四十度近い熱があった。

「すぐに病院に行こう」

「いらない。眠い。とにかく今は寝かせて」

「わかった。風邪だといけないから、今夜は僕が子どもと一緒に寝る」

「大丈夫よ」

「バカッ。君の身体だけじゃない。赤ちゃんに風邪をうつしたらどうするんだ」

あ、そうかと初めて気づいて、その晩は別の部屋で眠った。

ぐっすり眠った。目覚めたのは、翌日の昼過ぎだった。驚いて二人の様子を見に行くと、博史と子どもは爆睡中。

「朝のミルク、あげてくれた？」

「ん？　ミルク？　なんで」

寝ぼけている。

パンパンと布団を叩くとやっと目を覚まし、

「ミルク、朝六時と九時と十二時。ちょっとずつ遅れたけど、あげたよ」

「よかった。ありがとう」

ちゃんと責任を果たしてくれていた。子どもは満ち足りて穏やかな寝息をたてている。

起き出した博史が
「病院に行くか？」

「いらない。ひと晩、ぐっすり寝たら、ラクになった。もう熱もないと思う」

「そうか。じゃ、今日は僕が子どもの世話するから、君は寝てろよ」

「大学は？」

「何言ってんだよ、今日は日曜だよ」

私は曜日の感覚もなくなっていたのだ。

その日一日、彼が家事育児のすべてをしてくれて、私はずうっと寝続けた。

夜、子どもを寝かしつけてから、久しぶりにしっかり話し合った。

「やってみると、大変だということが、よくわかったよ。君が疲れてることに気がつかなくて、悪かった。だけど、言ってくれなきゃ、わからないじゃないか。溜め込みすぎる前に、ちゃんと言ってくれ」

「大丈夫だと思ったんだけど」

「ついでに言うけど、君の今の状態、風邪だと思うよ。バカは風邪もひかないというけど、バカは風邪をひいていても気がつかない、ということなんじゃない？」

「えっ!?」

独身時代、「風邪もひかない福田さん」と元気印をウリにしていた私のプライドが木っ端みじんになった瞬間だった。

発熱騒動以来、博史は以前より積極的に育児を手伝ってくれたし、私も倒れる前に頼むようにした。

頼みすぎたかもしれない。

「僕だって、今は大変なんだ」と、博史が言ったのである。「授業だって、毎回、怖いし。準備してもうまくハマらないこともあるし」

初めて聞く弱音だった。彼が毎日授業の準備を一生懸命していることは見ていた。ときには「ちょっと聞いて」と言われてリハーサルに立ち会ったこともある。それで、どんなときでも彼は楽しそうに授業準備をしている、と思い込んでいた。

私が大学時代に受けた授業の中に、立て板に水という講義をする教授がいらっしゃった。江戸川柳の授業ということもあり、笑いが絶えなかった。ところが、あるとき、一人の学生が研究室を訪ね、ノックしようとしたところ、部屋の中からブツブツ言う声が聞こえてきた。その先生は講義のリハーサルを何度も繰り返していたというのである。

そんな話を、博史にした。すると、翌日には「聞いて」と、原稿を手にしてきた。講談

よろしく、

「そもそも日本国憲法と申しまするは、時は一九四五年八月十五日、昭和天皇が『耐えがたきを耐え、しのびがたきをしのび』と言って受諾したポツダム宣言により要求されましたところの」

「バン、ババンバン」

口で張り扇を入れた瞬間に、「ダメだ、こりゃ」

二人して噴き出してしまった。

「この調子では、基本的人権まで行きつかないよ」

「あなたらしくやったらいいんじゃない？」

「その僕らしい授業がわからないから、困ってるんじゃないか」

「大切な用語は『ここ大事です』と念を押して、もうちょっとゆっくり。早口にならないで。板書もいいと思うんだけど」

「知ってるだろう。字、下手なんだ」

「読めればいいのよ。それと、一方的に話さないで、時々『これ、わかりますか？』とか尋ねてみたら、学生さんも聞く気になるんじゃないかなあ」

話しながら、私は大いに反省した。彼が授業に苦しんでいることを知らなかった自分を恥じ、申し訳なく思った。

彼は、試験問題にも、ひと工夫もふた工夫もしていた。

例えば、記述問題。早稲田太郎君と西原花子さんが何らかの問題で対立し、最後に早稲田太郎君が「ほれやったら、あんたはんの言い分、言うてみとくんなはれ」とか言って、「問題　両者の言い分と、あなたの考えを、法的根拠に基づいて述べよ」につなげる。

「この京都弁、これでいい？」

と、問題文の下書きを見せにくる。

「これ、京都弁とちゃうわ」

添削して「それやったら、お宅さんの言いたいこと、言うてみてください」に直した。

「けど、京都弁を使う必然性はあるの？」

「読んで面白ければいいんだよ。興味を持ってほしいんだ」

また、試験後には、数百人の答案すべてに朱筆を入れて、返却した。

「反論のある場合は、研究室に来てください」とも言っていたので、単位を落としそうな学生が研究室にやってきて、粘る。博史は、丁寧に付き合う。昼間は細切れにしか時間が取れないので、授業後の午後九時以降が面談時間である。毎日のように終電になり、帰宅は午前二時を過ぎる。

それでも「今日は、骨のある子が来てさ」と、うれしそうだった。

博史は、真面目に真剣に必死に、仕事をしていた。どうすれば、学生に興味を持たせて向学心に火を点けることができるのか。学生の脳裏にしっかり刻み込むことができるのか。そのための努力を惜しまなかった。

仕事と家庭

一方で、私の仕事は行き詰まっていた。

育児休暇を一年と決めていたが、二年目に入っても東京での仕事に就けなかった。アテにしていたコネが使えなかったこともあるし、田無から都心への通勤に躊躇したこともある。

大きく心にブレーキをかけたのが、産院から帰宅した最初の夜に、義母から言われたひと言だった。私が娘を抱っこして「かわいい」と言った直後、「かわいいでしょ。だから、保育園にやるようなことはしないでね」と、釘を刺されたのである。

驚いた。博史は、働く女性が好きだと言っていたし、私が働くことは結婚の前提のはずだった。ただ、義父母の考えまでは聞いていなかった。

義母は良妻賢母のモデルのような女性で、私が働くことには反対だった。

「親離れするまでは、母親は働いてはいけないのよ」と、はっきり言われたこともある。折に触れて、仕事には就かないようにと注意された。この時代には結婚した女性が出産後も働くことはまだまだ珍しかったのである。

そのうえ、肝心の娘がしょっちゅう熱を出す。

一歳を過ぎた頃、近くの医院だけでは不安になり、日赤病院で検査を受けた。発熱の原因がわからず、毎週水曜日、車を運転して通った。有名な開《あ》かずの踏切を越えて、二時間かけて病院に着く。そこで、診察までまた待つ。検査も時間がかかる。

おしっこからは菌が検出された。しかし、それほど強い菌ではないという。

診断が下されるまで二カ月かかった。「この赤ちゃんはハイパーアクティブなんですね」元気すぎる赤ちゃんなので平熱そのものが高いのだろう、という見立てだった。

恐ろしい病気ではなかった結果に安堵し、それまでの泣き続けの原因もわかったが、対処の仕方としては「昼間できるだけエネルギーを使わせて、夜は寝るようにし、年齢が上がるのを待つしかない」とのこと。

これでは、時間割の決まった保育園の生活に合わせることは難しく、子どもを保育園に預けて私が働くのは無理だと思った。

独身時代の上司から「京都であなたにぴったりの仕事があるのだけど、今のあなたには遠距離通勤は無理でしょうねえ」と言われて、がっかりした経験もある。

今思えば、私がこの時期に再就職しなかったのは、結局は自分と周囲への甘えだった。できない事情ばかりを考えて、何がなんでも仕事に就くという強い意思を持っていなかった。中途半端な日々を打開しようとがむしゃらにならなかった自分が悪かった。

結婚式と披露宴はいっときの夢だけれど、その後長く続く結婚生活は夢物語じゃない。毎日毎日の現実をどう過ごすかだ。身も蓋もない言い方をするなら、お金と時間を相手のためにどれだけ使えるか。お金も時間も限られている。

私たちの場合、二人ともお金への執着はそれほどでなかったが、時間を自分のためだけに自由に使えないことが葛藤の種だった。

娘は生後九カ月で歩き始め、一歳のお誕生日には片足ケンケンするほどに成長し、やがて平熱も正常値に落ち着いた。

その頃、同じマンションの先輩ママさんから「保育ママ」制度を教えてもらった。自治体から「保育ママ」の認定を受けた方が自宅で少数の幼児を預かる、子育て支援のための家庭的保育事業である。

早速、博史と一緒に面会に行き、娘の保育をお願いした。義父母には、内緒だった。義父母は町田市に住んでいて会いに行くのは週末なので、黙っていれば済んだ。

その保育ママさんは明るく元気な方で、新米ママの私をいつも励ましてくださった。

やっと念願かなって働きに出られた。だが、現実は厳しかった。

朝食の支度のために早起きする、食べたら大急ぎで片づけて、娘を連れて保育ママさん宅へ。午前十時から午後四時まで働いて、同僚とのおしゃべりもそこそこに娘を迎えに行く。買物をして、帰宅。洗濯機をまわして、ポストに入っていた何やかやの連絡の段取りをして夕食を作り、娘と食べる。それから娘をお風呂に入れて、寝かしつける。夫は、私が出かけた後に起きて正午頃に出勤し、午前二時過ぎの帰宅。私は夫の帰宅する音で起きて、それから二人で一日のことなどを話した。

博史と話すのは、楽しかった。いろいろ聞いてもらって助かったのは事実。だが、お互いに相手を思うゆえに、あるいは相手に嫌われたくなくて、言いにくいことは口にしない場合もあった。

職場はタウン誌を発行している会社だったので、町の人への取材を楽しみにしていたが、いつ子どもの体調が悪くなって呼び出されるかわからないから、大事な取材のアポは取らせてもらえない。勤務時間の大半をほかの人が書いた原稿チェックをして過ごし、その他は掃除と電話番と雑用の日々。

睡眠時間は四時間取れればいいほうだった。

ストレスが、少しずつ溜まっていく。

ついに爆発した。

博史が体を求めてきたとき、自分でも思いがけず突き放してしまったのだ。

「ごめん。疲れてるのよ」

「わかった。じゃ、僕が子どもを見るから、君は一人でゆっくり寝てもいいよ」

「そうじゃない」

「なんだよ」

「……」

「どうしてほしいんだよ」

自分でもわからなかった。涙が出てきた。一度留め金のはずれた涙腺は、次から次に涙を流させた。自分でもどうしようもなかった。

「なんだよ、どうしたんだよ」

言葉にならなかった。言う言葉が見つからなかった。

「言ってくれよ。どうしたんだよ。何かあったのか？　僕が何か悪いことをした？」

「もう嫌なのよ」

「嫌って、何が？　僕に抱かれたくないということ？」

「嫌よ」

「だから、向こうの部屋で寝てこいよ」

「嫌っ」

自分でも訳がわからなかった。あれも嫌、これも嫌という感情がどっと押し寄せてきた。

だんだん博史の声が怒りを含み始める。

「言わなきゃわからないだろ。泣いてたって解決にならないだろ、言ってみろよ」

「わからないもの、自分にも」

博史の口から、大きなため息がもれた。

「泣く女は嫌いだ」

その言葉を聞いた途端に、今度は機関銃みたいに、口から言葉が飛び出ていった。

「泣かせてよ、ちゃんと泣かせてよ。私は今、泣きたいの。あなたのそばで泣きたいの。今までずっと、どんなときも、泣いちゃいけない、とがんばってきたんだよ。泣いてたまるかと思って、泣かずに我慢したことも何度もあったんだよ。やっと、あなたと会えて、泣いてもいい人と出会えたと思ってるんだから。泣かせてよ。ほかの人の前では泣けないんだから」

ぎょっと私の顔に向き合う夫を感じた。次の瞬間、博史が私を胸に抱きしめてくれた。

「悪かった。僕が悪かった。泣いてくれ。泣いていいから」

彼の胸で、思いっきり泣いた。

ようやく落ち着いて、やっと自分の気持ちを静かに話せるようになった。

「ごめんなさい。自分でもよくわからないの。ただ、悲しくて。なんだかあなたがちっともわかってくれてない気がして」

「うん。僕はわかってなかった。本当にごめん」

「あなたが悪いんじゃない。ちゃんと言えなかった私が悪い」

彼に近づいて、腕を取り、腕枕してもらった。

「……たぶん、こうしてもらいたかったんだと思う。抱かれるんなら、ちゃんと抱かれることをしなきゃいけないと思ってたのかな。でも、そうじゃなくて、こういう腕枕とかがほしかった」

「そうか。気がつかなくて、悪かった」

「男の人には、そういうときはないの？　腕枕だけというのは嫌なの？」

「いや。こうしているの、気持ちいいよ、すごく。ただ」

「ただ？」

「僕のほうで、抱く以上はちゃんとセックスしなきゃ男として恥ずかしいみたいな思い込みがあった気がする。自覚していたわけじゃないけど」

「そうだったの。そんなことないのに。こんなふうに腕枕してもらってると、伸び伸びする。安心する」

「僕も」

「男だからなんて無理しないでね。こんなふうにずっと一緒にいられたらいいな」

「そうだな。百歳になっても、これなら大丈夫だし」

「うん」

「あのさ、僕も言っておきたいんだけど」

「何？」

「泣いていいから。ただし僕の横でだけ。僕以外の男の前では絶対に泣くなよ」

笑ってしがみついた。博史とはケンカをしても最後はいつも笑い合った気がする。

その後、夕食の食器の洗い物は深夜に帰宅した博史がしてくれることになった。「台所のシンクに浸けておくだけでいいから。僕の分と一緒に洗うから」という提案に甘えた。それだけで、夕食後すぐに娘をお風呂に入れることができるので、とても助かった。

日曜の昼食は、博史が作ってくれる機会も増えた。メニューは和洋の麺類。つわりのときにうどんを茹でてくれたことがあって、「こんなおいしいおうどん、生まれて初めて食べた」と、大感謝の言葉を連ねた。パスタは「絶対、世界一おいしい」と、ほめちぎった。博史はまんざらでもない顔をして、茹で方のうんちくを披露した。以来、麺類は博史の担当に決まった。娘も、その後に生まれた息子も「世界」という言葉の意味も知らないうちから「パパのチュパゲッチーはセカイいちなんだよね」と言って博史を喜ばせた。

ゼミ合宿と最初の出版

博史のゼミ合宿に二歳の娘を連れて同行し、いろいろな意見が出たほうがいいからと言われて、ディスカッションに参加したことがある。

テーマは「死刑制度の是非」。挙手して発言する学生は少なく、座席順に意見を述べていった。博史が「人権派」と目されているからか、学生さんの発言は「死刑制度は廃止すべき」で、その理由は「どんな犯罪者であろうとも国家が人の命を奪うことには反対」というものばかり。

　最後に私にも発言が許され、思うままに述べた。

「子どもを産むまでは、死刑制度廃止派だったんですけれど、もしも我が子が被害者だと想像したら、絶対に犯人を許せないですよね。私自身が復讐してやりたいという気になると思います。個人的な復讐ができないのなら、国家において極刑にしてもらいたい、と言い出しそうで、そんな自分が嫌だと思うんですけれども」

「実は私もそう思っていたんです」

　という声があがった。社会人入学をしていた、五十代の男性だった。

「私にはひとり娘がいるんですけどもね、その子が殺されたりなんかしたら、絶対に八つ裂きにしてやりますよ、犯人を」温厚な日頃とは違う厳しい言い方で、みんなが驚いた。

「でも、それを言っちゃあいけないと思うから黙ってましたけど」

　博史が「いや、ここでは言ってはいけないことなんてないんで、ぜひ本音で言ってください」と、呼びかけた。

　すると、数人が「僕も死刑アリと思います」と発言し、それぞれが理由を言い、博史は「なるほど」と相槌を打つに留め、盛り上がった時間になった。

　東京に帰る車の中で、博史はしみじみ言った。

「みんなに『意見を言ってくれ』と言うだけではダメだということが、よくわかったよ。本音を言える雰囲気を作らなきゃダメなんだね。

それに、学問は真理を追究するものだけど、学者はロボットじゃない。法律は机上の空論を戦わせるのではなく、血肉の通ったものにしなきゃいけないんだ。僕は一生懸命に研究してきたつもりだったけど、自分が父親になって初めてわかることというのがあるね。弱者の側に立つとか、人権とかはどういうものなのか、もっと自分に問いかけてやっていかないとダメだと思ったよ」

そのときから約二十年後、二〇一四年に出版した『うさぎのヤスヒコ、憲法と出会う』という子ども向けの本の中で、博史は次のように書いている。

> 何か事件が起こったときに、その事件をどう解決したらいいのか、人によって考え方に違いがあることがある。（中略）裁判所によって判断が分かれるようなことだってあるんだ。法律の条文には、いろいろな人の、さまざまな『思い』がこもっている。だから、いろいろな人たちの思いのなかで、だれの、どういう思いを大切にするべきかについて、読む人の意見が違ってるわけさ。『正解』なんてない。

「法律の条文には、いろいろな人の、さまざまな『思い』がこもっている」という一文には、博史が人間として親として生きてきた過程が込められている。

博史の「お別れの会」の後、社会人入学でゼミ合宿に参加していた三人が拙宅においでになった。一人は、ゼミ合宿のときに撮ったものを「写真集」として編集してくださっていた。

「あのときは楽しかった。良いゼミだった。先生にはもっと活躍していてほしかった」

遺影の前で、口々に悼んでくださった。

結婚して三年半経つ頃には、夫婦としても軌道修正の仕方を身につけ始めていた。お互いに相手を頼りにするようにもなっていた。

博史は『早稲田大学紀要』に発表した論文以降、活字にするものすべての校正を私に頼んできた。私は法律に関して素人なので「君がわかってくれるレベルがちょうどいいんだ」というのである。私は「ここがわからない」「この表現は誤解を招くからこう変えたほうがいい」と率直に指摘し、「それでは文意が変わってしまう」という博史と、ときには徹夜で議論した。少しでも良いものにしたい、という共通の目標を持っていた。

こうして、『良心の自由』が上梓された。博史は三十六歳。二十歳で「良心の自由」というテーマに出会ってから、十六年が経っていた。

> 最終的には個人に倫理的自律の可能性を保障することを通じて秩序を確保しようとする社会においては、その自律の基礎にある良心に対して、国家が過度の干渉を加えることは許されない。（中略）基本的人権としての良心の自由は、自律の基礎にある良心の不可侵を憲法レヴェルで確保しようとする。

博史には、憲法学者としての矜持と勇気があった。すでにある平野を真面目に耕して収穫を得るだけでは、己を許せなかった。学者の道に分け入った以上は、そのテーマにおいては未開の分野を開墾し、先頭に立って汗水流し泥にまみれ、より豊かな収穫を人々にもたらすべきだという信念と覚悟を持っていた。

『良心の自由』の「あとがき」に書いている。

> 基本的人権の本質は——日本ではこれまで研究蓄積の薄い——「良心の自由」にある。学校制度の問題も、この人権を抜きにしては何も語れないはずだ。（中略）初歩的な法論理を歪曲しても恥じる所のない判例ばかりが蓄積される現実を前に、基本

的には裁判所を名宛人とする解釈論を遂行することに無力感さえもが漂う中、私が敢えて憲法解釈論を自らの課題としてきたのも、この思いがあったればこそであった。そして、そうやって人間の自由をなおも追求するその先に、世界が理想を失って彷徨する二〇世紀末の今、人類にとって必要な夢が潜んでいるのではないかと考えている。

これまで誰も成しえなかった憲法上の論考をし、それを世に問う。

博史は野心を持ち、理想に燃えていた。そうでなければ、本を出す意味はどこにある？

阪神淡路大震災　長男誕生

一九九五年一月十二日、第二子である長男が誕生した。

その五日後の一月十七日。退院予定日の早朝、大きな揺れに目が覚めた。地震だった。

待合室に行くと、阪神淡路大震災の速報がテレビに映っていた。

京都の母から、新幹線が止まっていて東京へ行けない、という電話が入った。

退院を延ばし、見舞いに来てくれた博史と娘とともに、テレビを見ながら過ごした。授乳のたびに、この小さな命を抱ける幸せを感じた。死者や行方不明者がどんどん増えていくのを聞くと、その人の家族のことが思われた。

一人の政治家が「この地区の被災者が××人で済んでよかった」と言ったのを聞いて、博史が「バカヤロー」と、怒鳴った。

「××人という数字の人が死んだんじゃないんだ。一人ひとりの人生があって、その一人ひとりの人生がなくなったんだ」

運命という言葉で済ませるな、政治家なら打つべき対策はなかったのか、助けられる命はなかったのか、人災はなかったのか、しっかり検証しろ、と博史はテレビに向かって怒りをぶつけていた。

強く同意しながら、憲法学者として人権について常に研究している彼の覚悟を聞いた思いだった。

予定より二日遅れて退院した息子は、長女とは違って、寝るのが大好きな子で、お腹がすくと突然大声で泣き出し、ミルクを飲ませると「僕、満腹満足、お休みなさい」と、にこにこ寝てしまうような子だった。

赤ちゃんによって、こんなにも違うものか、と驚いた。

しかし、生後三カ月ほどはラクをさせてくれた息子だったが、アトピー、水いぼ、皮膚炎と次々に発症し、またまた病院通いが欠かせなくなった。ワセリンとステロイドとの配合薬を処方されたが、配合に三種類あり、状態に応じて使い分けねばならない。ひどいときには薬がすぐに無くなり、三日も経たずに病院へ行くこともあった。

一カ月間の産休後、仕事に復帰したが、なるべく自宅に持ち帰ることにして、こなした。

四月から、生後二カ月半の息子を保育ママさんに預けた。入れ替わりに、三歳の娘は保育園に入園した。

驚いたことに、娘の学年には同じマンションのお子さんが五人もいた。みんな〇歳児から保育園に入っていたのだ。どうりで日中、公園などで同じ年齢の赤ちゃんに出会わなかったわけである。

途中入園の私と娘は、先輩ママさんと子どもたちに温かく迎えられた。子育てや仕事との両立についてアドバイスをもらうこともできた。

三歳になって体力もつき、すっかり元気になっていた娘は保育園で、病院に行く頻度《ひんど》の高い息子は融通のきく保育ママさんの所で。やりくり算段しながらも、日常をまわすことができた。

男女の愛情は、恋愛して結婚して頂点に達するものではなく、思いやりとか、包容力とか、やさしさを深め合って育てていくものだと、私たちは少しずつ学んでいった。

翌年、博史が申請していたフンボルト財団のフェローシップに選ばれ、早稲田大学に在籍のまま、ドイツで一年間、研究することが決まった。

一緒に行くことに、ためらいはなかった。東京でしがみついていたいほどの仕事状況ではなかったし、むしろ海外在住という新しい扉を開けることが楽しみだった。出発まで九カ月ほど余裕があったので、会社にも迷惑をかけずに済んだ。寄稿していた雑誌社や業界紙からは、ドイツ事情をぜひ送って、と言ってもらうこともできた。

博史も「家族で行けば、僕一人では見えないものも見える。女性の視点や子どもの立場からの考えも視野に入れる体験ができる」と、喜んだ。

ドイツ生活

一九九六年九月、家族四人でドイツ南西部のテュービンゲン市に移り住んだ。

テュービンゲン市は人口八万人足らず、そのうち約四分の三が大学関係者という大学町である。テュービンゲン大学は一四七七年、日本で応仁の乱（一四六七年）が勃発した十年後に創立されたという歴史を誇っている。

街は石畳が美しく、人々は穏やかで、少し歩けば森に出られる、素晴らしい環境だった。

この町で、娘は四歳から六歳まで、息子は一歳から三歳までを過ごした。娘は地元の幼稚園から小学校に進み、息子は私立の保育グループで育った。

博史は客員教授として、生き生きと研究に勤しんだ。学生時代にドイツ留学経験がある彼は、ドイツ語を話すのが楽しそうだった。多くの学会に参加し、世界中からやって来た方々と話し合い、学生と向き合い、その成果をドイツ語で論文にまとめていった。

大学からあてがわれた外国人教員専用住宅には、十カ国以上の家族が住んでいて、パーティーもひんぱんに開かれ、家族間の行き来もあり、世界の様々な風習や料理を教えてもらうことができた。

私は、市が経営している語学学校に通った。その学校には、大学を目指している若者のほか、移民や出稼ぎに来ている人、ドイツ人と国際結婚した女性など、様々な人がいた。最年長は、リタイア後に大学で哲学を学ぶためにがんばっていた六十六歳のアメリカ人男性。ほかにイギリス、イタリア、スペイン、クロアチア、ルーマニア、スウェーデン、ノルウェー、ギリシャ、トルコ、中国、韓国、アメリカ、ブラジル、南アフリカ、ケニア、マダガスカル……二年間、ざっと思い出すだけでもずいぶん多様な人々に出会った。

クラスでは、例えば中国人が「一人っ子政策の必要性」を熱弁すると、アフリカ人の女性が「一夫多妻制なので、兄弟姉妹は二十人を超えている。家族が多いのは良いことよ」と意見し、たちまちアメリカ人が「一夫多妻なんて許せない」と反論するという具合で、熱気に包まれていた。

多くの国の人々と一堂に会せて「世界は狭い」と実感し、同時に、それぞれの風習や考え方の違いを知って「世界は広い」と認識する日々だった。

その冬のスキー場で、久しぶりに大きな夫婦ゲンカをした。

義父が早稲田大学ヨーロッパセンターの館長としてボン市に住んでいたので、私たちは一緒にザルツブルクのスキーホテルで休暇を過ごした。

西原家は、スキー一家である。義母が秋田県横手市の出身、義父は若いときのドイツ留学でスキーを習得したので、博史は幼いうちからスキー板をはいて育った。私はというと、京都育ちで、スキーは中学校の体験学習で一回滑っただけ。結婚後に、「スキーに行く」と言われて、義母のスキー靴を借りて苗場スキー場で滑ったのが人生二回目のスキー体験で三十九歳のとき。一歳九カ月の娘連れだった。一シーズン滑っただけで、息子を妊娠してお休み。次の年も息子がまだ小さいのでお休み。つまり、このスキー場が三年ぶり、スキーを始めてから二シーズン目だった。

そもそも私は不器用である。スキー靴とスキー板を装着すると、身動きがとれない。おまけに二人の幼児連れなので、雪遊びやらお昼寝やら、スキーをする時間より子守の時間のほうが多い。ちっとも上達しなかった。

ザルツブルクで、おたおたしている私を、義父が見かねたのだろう。「夕食後に恭子さんにスキーを教えてあげよう」と言い出した。義母も一緒に滑ることになり、博史が子ども二人の世話をしてくれることになった。

不安を抱えながら支度をして、博史に「じゃ、行ってきます。子どもをよろしくお願いします」と言ったときだった。博史が「みんなに迷惑かけてるんだから、自覚してしっかり練習するように」と返事したのである。

カチンときた。

「迷惑かけてる、と言われるんだったら、行かない。あなたが滑ってきたら」

抑えきれずに、とげとげしい言い方になった。博史が、しまった、という表情をした。

しかし、それは、言った内容が「しまった」のではなく、つい本音を言ってしまったことが「まずかった」という表情だった。

「行けばいいじゃないか。僕が子どもたちを見ると言ってるんだから」

「……どうして、そういう言い方するの？　だって、あなたは私よりずっと多く滑ってるでしょ」

「平等にスキー時間を取るなんて、無理だろ。子どもがいるんだから。それに君は父たちと一緒に滑れるほど上手じゃないんだから」

　ついに私は、言いたかったことを口に出した。

「私の身にもなってよ。もしもあなたが、私の立場だったらと考えてみて。つまり、あなたが京都の私の家に婿養子になったら、と想像してみてよ」

　夫にとっては唐突だったようだが、私は何度か想像したことだった。

「京都の家では、家族みんな茶道が趣味で、あなたもぜひ、と言われてお茶会に行くと想像してください。慣れない着物着て、ずっと正座して、お点前とか拝見して、ひと通り教えられた作法を間違えないように緊張して、お茶を飲んで『苦い』とも言えなくて、周りの人に愛想笑いして……、それで、なかなかできないと『あら、博史さん、案外不器用なのね』とか言われて……」

　博史は、だんだん真剣な面持ちになって聞いていた。私は言いつのった。

「それでもなんとかがんばろうと思ってたときに『みんなに迷惑かけてるんだから、自覚してしっかり練習するように』と言われたら、どんな気持ちがしますか？……、あなたが今したことは、そういうことなのよ」

「……わかった。悪かった」

初めて、自分が口にした言葉の奥に潜んでいた考えに気づいてくれたふうだった。

「あなたはずっと、自分の得意なもの好きなものをやってる。私は、趣味も、食べ物も、洋服も、あなたに合わせてきたわ」

東京の味に合わせて濃口しょうゆを使い、博史に乳製品アレルギーがあるので牛肉もクリームも食べず、「君の洋服、なんか浮いてるなあ」と言われて以来、明るい色や花柄は封印して紺色やモノトーンを着るようにした。外食に「どこに行きたい？」と聞くから「和食」と答えたら「うん……それは今度にしよう」とか言って、いつもイタリアン。

「あなたは私に何も合わせようとしてくれてない」

「……今度、君の趣味、一緒にやるよ」

「ほんと？　何を？　茶道？　華道？　書道？　連句？　着物の着付け？　歌？　合唱？カラオケ？」

「……書道、が一番いいかなぁ。……定年になって時間ができたら」

「はあ？　あなた今、三十八歳でしょ、定年は七十歳だから、……あと三十二年後？」

「わかった。カラオケ、行くよ。ドイツには無いから、日本に帰ってからだけど」

日本に帰る予定は一年か二年後。それでも、定年まで三十二年待つことに比べれば。

「忘れないでね。約束だからね」

「忘れない。けど、忘れるかもしれないから、催促して。日本に帰ってから」

この顛末は、二年後に家族みんなでカラオケ店に行った。子ども二人はノリノリで歌いまくり、最初は渋っていた博史もアリスの「チャンピオン」などを熱唱した。博史が歌い終わったときには、子ども二人と私とで盛大に拍手した。


こうして年に一度、お正月休みにカラオケ店に行くことが恒例行事となり、娘の中学受験のために取りやめるまで三年続いた。そして娘が中学校に入ってからは、私が合唱団に入ったことで、解消した。

博史は、カラオケの食わず嫌いが治って、学生たちに誘われると時々行って楽しむようになった。

スキーはその後、博史から「家族みんなでシュプールを描けたら、ステキじゃないか」と言われて、真っ白な雪面を、博史を先頭に家族四人がサーッと同じ跡を描いていく様を想像した。

うん、確かにいいな。がんばろう。

数年後、子どもたちは私よりずっと早く上達し、私が一番ヘタだったが、シュプールを描くことができた。

家族で共通の趣味を持てたことは、食わず嫌いで避け通すより、楽しめる世界が広がってよかったと思う。


ドイツでは学生はとても優遇されている。当時、家族に学生がいると新聞代は無料、学生証提示で子ども三人までバス代無料。

「君が学生になって、家族保険を君の名義にすれば、同じ内容の保険料が二分の一になるぞ」

これはがんばるしかない。

家族が寝静まった後に勉強し、大学の入学試験に合格、晴れて四十三歳で再び学生になった。

専門は、博史の勧めもあって、社会学部にした。一年足らずの学生生活であることを考えると、ドイツの社会について知りたかった。子どもたちが学校や保育園に行っている間に受講できるゼミを絞っていった。

博史がしきって「男女平等問題はどう？」と、勧める。「実は、僕も、それについて研究してみたいんだ」

面白そうだ、と思った。

ヨーロッパに住んでみると、随所で「紳士淑女」を演じなければならない場面がある。コートを脱いだり着せたりするのは男性の役目。慣れていない私たちは、招かれたお宅で私がさっさとコートを脱いでしまい、注意されたことが何度もある。二人で散歩していて、道にできた水たまりを私がヒョイと飛び越えた途端に、見知らぬ老人から「男が女性の手を引いてあげなきゃ紳士じゃないぞ」と怖い目で叱られた。ここは中世騎士道の世界か、と突っ込みたくなる場面に、何度も出くわした。

女性が大切にされているという点ではいいのだろうが、面映ゆいし、めんどくさい。さらに、そのような「女性は大切に扱うべき存在」という風潮が女性の社会進出の妨げになっていることもわかってきた。

私たちは手分けして資料を探し、周りの人の意見を聞き、それらを持ち寄って話し合った。ネット検索のない時代だったので、大学の図書館を利用した。

博史は各種の条約や文献を読みあさって、男女差別とりわけ男女の賃金格差について教えてくれた。歴史的には一九五一年、ＩＬＯ（国際労働機関）が同一価値労働における男女同一賃金を定めたのが最初であること、ヨーロッパでは一九五七年のローマ条約で定められたことなど。

一方で私は、女性をそれほど大切に扱ってきた背景に、産む性としての存在の必要性があったからではないかと考え、当時の平均寿命などを調べた。驚くべきことに、日本にペリーが来航した一八五三年前後の平均寿命は、ヨーロッパもアメリカも日本も軒並み四十歳未満、一九〇〇（明治三三）年になっても四十七歳から五十歳だった。しかも、生まれた子どもの四分の一は生後一年以内に死亡し、成人するまで生きられた者は半数程度だった。

「これでは、子どもを産む女性を大切にしないわけにはいかないわねえ。コートを着ないで冷え性になったり、水たまりを飛びそこねて転んで流産されたら大変だものね」

「当時は、歳をとって女性を担げなくなった老人も少なかったかもしれない」

機械化が進んだ現代では、外での仕事も家内の仕事も、男女の違いよりも個性の違いによって選ぶべきではないか。男性が稼いで女性が家事を担当するといった旧来の固定的役割意識は崩れていくのではないか。外で仕事をする女性と主夫というカップルがあっても、本人たちの自由な選択ではないか。

今から思えば当たり前だが、当時は、そんな話し合いが先端的に思えた。

私は『Die Gleichberechtigung beider Geschlechter in Beruf und Familie im Wandel（変化する職業と家庭における両性平等の権利）』というタイトルでゼミ論を提出した。

博史はさらに専門的に深め、帰国後の二〇〇二年にドイツ語で、翌年には日本語で『平等取扱の権利』という著作にまとめた。

> 端的にいえば、平等権の核心は、『違いへの自由』にあることになる。この意味での平等は、常に権利としての実体を持つ。（中略）職業生活はもとより、家庭生活やその他あらゆる生活部面において、まだまだ事実上の女性差別が広がっており、差別を禁じる法的措置さえ不十分な現状がある。（中略）市民生活の内部における差別禁止の実質化が法的な課題として意識されている現状において、個人の権利としての平等理解を徹底する立場を堅持することには、グループ間の政治的闘争の中で基本的人権を見失わないためにも、少なからぬ意義があるのではなかろうか。

私が入試に合格したときや、論文を書き上げたとき、博史の仕事にひと区切りがついたときなどに、博史はちょっと贅沢なワインを買ってきてくれて、子どもを寝かしつけた後、二人で乾杯した。

ドイツと日本との違いのうち、知ってよかった一つが誕生日についての考え方である。娘の幼稚園で、先生から「お誕生日にケーキを持ってくることを忘れないでね」と言われた。

「お誕生ケーキは、幼稚園で用意してくださらないのですか？」

と問い返したところ、びっくりした顔で

「いいえ。お誕生日というのは、本人が『私を産んで、育ててくださってありがとう。仲良くしてくださってありがとう。皆さんに感謝してケーキを用意しました。どうぞ召し上がってください』と感謝を表す日です。だから、お友達に分けるケーキを持ってきてくださいね」

なるほど。私は、子どもを授かったことに感謝していたが、一方で子ども自身にも「自分が生まれてきたことへの感謝」を持ってほしいと思ったことだった。

第四章　共に歩んだ日々

憲法学者

結婚するとき、憲法というのは地味な学問だと思っていた。私が育った頃の京都は共産党を支持母体とする知事が長かったので、憲法を変える論議が起きるなど想像もしなかった。

ところが、一九九九年にドイツから帰国してみると、憲法学者である博史がいろいろな場に引っ張り出される時代になっていた。

きっかけは、一九九九年二月、広島県立世羅高校の校長が、卒業式において国旗国歌を強要する文部省（当時）と拒否する教職員との板挟みになって自殺した事件だった。その後「国旗及び国家に関する法律」が制定され、国は教職員に対して、日の丸掲揚と君が代斉唱を強要していく。「強制ではない」と言いながら、入学式や卒業式などの学校行事において、従わなかった教職員に減給や停職などの懲戒処分を下した。

それに対して処分撤回の裁判を起こす教員が現れ、その論拠として博史の著者『良心の自由』が使用された。

日本各地から講演依頼が殺到し、博史は日の丸・君が代強制反対運動に積極的に携わっていった。

平日終電で帰宅するのが午前二時、軽い夜食をとり入浴して、家に届いていた郵便物の整理などをしていると就寝は午前三時を過ぎる。以前は余程のことでもない限り八時間睡眠を確保していた彼が、ときには六時間を切る睡眠時間で働いた。

週末には講演で全国を飛び回った。

子どもたちと顔を合わせない日々が続いたあるとき、講演のない日曜日だったか、久しぶりに博史と夕食を共にした小学校二年生の息子が言った。

「パパ、今度はいつ、ウチに来られるの？」

一瞬、答えに詰まった博史が、憮然と答えた。

「ここは、僕のウチだ」

私はなんだかおかしくて

「私、いつお妾さんになったのかしら」

するとまた息子が

「オメカケさんて、何？」

苦笑するしかなかった。

博史は研究の成果を次々に発表した。学術誌に論文を発表し、本を出し、編集をし、裁判の鑑定意見書を書き、国会に参考人として意見陳述するために出向いた。東京大学や東北大学での授業も引き受けた。『朝まで生テレビ』や『クローズアップ現代』などのテレビ番組にも出演した。

単著だけでも、『良心の自由　増補版』（成文堂　二〇〇一年）、『Das Recht auf geschlechtsneutrale Behandlung nach dem EGV und GC』（Duncker & Humblot　二〇〇二年）、『平等取扱の権利』（成文堂　二〇〇三年）、『学校が「愛国心」を教えるとき』（日本評論社　二〇〇三年）、『教育基本法「改正」』（岩波ブックレット　二〇〇四年）、『良心の自由と子どもたち』（岩波新書　二〇〇六年）、『子どもは好きに育てていい「親の教育権」入門』（ＮＨＫ出版　二〇〇八年）、『自律と保護　憲法上の人権保障が意味するものをめぐって』（成文堂　二〇〇九年）、『うさぎのヤスヒコ、憲法と出会う　サル山共和国が守るみんなの権利』（太郎次郎社エディタス　二〇一四年）

日の丸・君が代問題には、強制反対の立場から、論陣を張った。

思想・良心の自由の意義は、個人の自律可能性の保障という、基本的人権の根本原理に遡る。一三条で個人の尊重を出発点とする日本国憲法の人権体系は、個人の自律可能性を法的に保障するという統一的な目的に資する制度と理解できる。そのような理解を基礎におけば、精神的自由権は、個人が一人ひとり自分らしい生き方を追求する場合に必要不可欠な精神活動を支えるものとなるし、その総則的規定として憲法一九条で保障された思想・良心の自由は、精神活動が一貫的な形で展開するための基盤を確保し、個人の自律の条件を保障する意義をもつ。（『良心の自由　増補版』）

この本を読んだ現場の先生たちから「一般向けにわかりやすく書いたものがほしい」と請われて、私たちは深夜に話し合った。憲法における「良心の自由」が、子どもたちの人生にとってどんな意味があるのか。なぜ親たちは「良心の自由」を自分の子育ての問題としてとらえねばならないのか。

博史にとっては、学問上のテーマとしてきた問題を机上の空論にしないための正念場だった。自分の学問に血を通わせる作業だった。

幸い、娘が中学一年生、息子が小学校の四年生という、ちょうど対象年齢に達していた。

「子ども」を他人事ではなく、自分たちの「子ども」として考えることができた。

私たちの子育てに対する考え方のベースはシンプルだった。「幸せになってほしい。自分で自分を幸せにできる人間に育ってほしい」

そのために、自分で考えられる人、考えたことをきちんと言える人、反対意見も聞ける人、最後には自分の決定に責任を持てる人。そういう大人になってもらいたいと望んでいた。そういう大人こそが国民となり、国家を形成していく礎《いしずえ》なのだと考えていた。反対に言えば、何も考えない大人が寄り集まるような集団になれば、その国が間違った方向に行こうとした場合も止める者がいない。結果、国民みんなが不幸になりかねない。

その考えの基盤になるのが、自分自身の「良心」であろう。

> 人間どう生きるべきかについて、「正解」がないとしても、だからといって自分の生き方がどうでもいい問題になるわけではない。誰にでも共通する「正解」がないとすれば、自分らしい答えを自分の責任で見つけ出すしかない。個人の思想・良心と呼ばれるものは、そうした自分らしい生き方を支える理念枠組みであり、それを守る監視機関である。（『良心の自由と子どもたち』）

世間様とのお付き合いが広まって、博史のコミュニケーション力とネゴシエーション力は、飛躍的に良くなった。

新婚時代、結婚祝いをいただいたお礼の電話を博史がしているのを聞いて、座布団から飛び上がりそうになったことがある。

「どうも、本当に、余分な気を遣っていただきまして」

「余分な気を……って、あなた。過分、でしょう」

真面目な性格なので、人前に出ると緊張し、うまい言葉が出てこなくなる。そのたびに反省する。

「ダメだなあ、僕は」

肩を落としている博史の背中が丸い。背中をもみほぐすのが、私のルーティン。

「講師になりたての頃を思えば、上手にしゃべれるようになったじゃない。慣れれば大丈夫よ、きっと」

「……うん」

彼は逃げなかった。人の演説を聞き、本を読み、良い言葉に出会うとすぐにメモをして、勉強した。

論を述べる立場にいると、仕事上、ケンカをせねばならない場合も出てくる。ケンカは、必要とあれば先陣切ってやる男だったが、本心ではみんなと仲良くしたいと望んでいた。

「僕、どうも人に嫌われてしまうみたいなんだ」

と、うなだれて帰ってきたこともある。

「いいじゃん。真剣に仕事してたら、毀誉褒貶《きよほうへん》あって当たり前だと思うわよ。だって、それまで人がやろうとしなかったことに手を出そうとするんだもの。抵抗勢力は当然あるわよ」

「だよなあ」

「あなたは、男の中の男よ。ただ」

「わかってる。僕が何を言おうと、安全地帯からの発信だということは」

「日の丸・君が代強制反対」を掲げて政府や自治体と闘っている現場の教師の方々は減給や再任用拒否など、生活に直結する処分や圧力を受けている。それに対して、早稲田の教員という立場は、安全地帯だ。博史は、その自覚を持って、学者の仕事を全うしようとしていた。

歴史上、学者の仕事を棒に振っても、いや命さえもかけて闘った先人たちがいる。いざとなれば安全地帯から抜け出て闘う覚悟も必要なのだ。

その覚悟は、大学学部生のときに留学したドイツで、「二度とナチスを生む過ちを犯さない」ために法律の観点から何ができるかについて、真剣に取り組んでいる教員や大学生たちを目の当たりにして固まったそうだ。

「ナチス全盛時代にも、命をかけて反対運動をした人々がいる。その人たちを忘れちゃいけない」

なぜ当時のドイツの人々がナチスの台頭を許してしまったのか。法治国家として本来なら人々を守る方向で機能しなければならなかった法律が、逆に人々を破滅に追いやる論拠になってしまった。その方向性を見逃したばかりか、与《くみ》したのが一部の法律家であった。彼らは保身に走ったのか、同調圧力に屈したのか。

博史が学んだドイツの大学では、法律家としての良心について厳しく教えていた。

「国家や軍が間違いを犯しそうになったとき、看過するのは罪悪である。身を挺しても反対せねばならない。それが真の愛国心だ」と。

その際に大切なことは、何が正しく何が間違いかを見極める力だ。悪人がわかりやすく黒い衣を着てくれているわけではない。自分で考え、自分で確かめ、自分で質問し、自分で意見を言う力を持たなければならない。

だが、意見を言うことは、必然的に反対者をつくり、反対者を敵にまわす場合もある。黙っていれば嫌われずに済むかもしれないが、それでも言わなければならないときがある。

憲法改悪の動きに対しても、博史は黙っていなかった。

実は、私は憲法について誤った認識を持っていた。憲法とは、国民が守らねばならないことを規定したもの、あるいは国民にとっての理想の旗印のようなものと思っていた。

「違うよ。国民が守るものではなく、国家権力というか施政者が変なことをしようとしたときに『それは憲法違反ですよ』とストップをかけるのが憲法なんだ」

> 国民が遵守すべき憲法。この憲法理解は、近代立憲主義の歴史を知る者の目から見れば、冒涜的なまでに明らかな誤りを意味する。というのも、憲法は本来、国家権力の担い手に対するルールであって、国民の行動を律するためのルールではない。
> （『自律と保護』）

憲法は、国家権力の担い手に対するルールである。言い換えれば、政府をはじめとする権力側が何かをしようとした際に憲法違反ではないかを検証し、違反しているなら「それは憲法違反です」と歯止めをかけるのが憲法学者の仕事である。御用学者に成り下がってはならない。いかなる政権が権力側に立とうとも、憲法学者は常に在野の視点を持っていなければならない。

ましてや憲法学のなかでも「人権」をテーマに扱うということは、人権を踏みにじられている人々の存在に気づき、社会的弱者の側に軸足を置いて、人権を踏みにじるものにノーを突き付けていくことだ。

それだけではない。弱者の側に立つということは、弱者の中で徒党を組んで群れることではない。理想のために共闘することはあったとしても、徒党は組まない。是々非々の立場を貫く。理想という頂上を目指して、崖っぷちを一人で歩く覚悟を持たねばならない。

博史は、そうした強い信念を持って闘っていた。

Social Innovation への責任を引き受けることとは、極めて重たい課題です。自分が得をすればいいと考えて、そのための知識を身につけることとは別の取り組みが必要になります。それでも、自分が目指すものによって人類が本当に幸せになれるのか、その確認はいつまで経っても持てないかもしれません。と言うか、その確認を持ってしまった瞬間に、他人を不幸にする営みが始まってしまう可能性大です。

それでも、現状に満足して立ち止まるわけにはいかない。いろいろとシンドいながらも大まかに言って衣食足りた日本の社会にあり、知的環境に身を置くことの許された環境の下、必要な知的能力に恵まれて試験を乗り越え、私たちはここに集まっているのです。そのことによって、人類全体の未来に対する責任が生じると考えることは、無意識な自意識過剰ではないと私は思います。(『早稲田大学社会科学部社会科学部報　60号』)

家庭で

ドイツから帰国したとき、私は正社員ではなくパートで働くことを選んだ。直接的な理由は、四十四歳で老眼になったからである。最初の症状は、バスでの車酔い。自宅から駅までどころか一つ目のカーブでくらくらした。新聞や本などの活字を見ると、頭痛がした。三十代で老眼になった先輩を思い出し、もしやと思って眼科を受診してみると、老眼のほかに眼圧が高いことも判明した。すぐに老眼鏡を作ったが、眼圧が高いままだと緑内障になる恐れがあり、目を使う時間を制限された。

家庭では、帰国したばかりの娘と息子を日本社会になじませる問題もあった。

ドイツで、娘は現地の小学校に入学すると同時に、土曜日には日本語学校に通っていた。

バイリンガルに育ったので大丈夫と思っていたら、小学校一年生の三月に編入した日本の学校ではとまどう言葉がいっぱいあった。時間割を見て「うまれかつ、って何？」と聞くから、確かめてみると「生活」。「生」の読み方を「生まれる」としか知らなかったのだ。ほかにも、上履きの習慣がなくて土足で教室に入って同級生にからかわれたり、日本人の名前を呼ぶのにドイツ語っぽい発音になってしまって嫌がられたり。

　東京都内では赤羽駅近くにドイツ小学校があるが、田無市の住まいから通学するのは無理。

　保育園に入園した息子も、友達と遊ぶのに言葉の数が足りない。

　そこで私は、以前にいた会社のツテで、週二回の出勤のほかは家で翻訳する仕事をまわしてもらった。不思議なことに、アルファベットなら頭痛も起きない。

　眼圧が正常値になるのに半年かかった。そして、その頃には、博史の仕事が驚くほど忙しくなっていて、私はサポート役にまわる日常ができていた。

　博史は、すべての原稿のチェックを私に頼んできた。ときには栄養ドリンクを飲みながら徹夜で議論した。

　インタビュー記事が掲載されたときや、テレビに出演した後には必ず「どうだった？」と聞く。子どもも一緒になって「あのときの滑舌が悪かった」とか「パパ、もうちょっとカメラ目線で」とか、注文をつけることもあった。

博史が「日の丸、君が代の強制反対」「憲法改悪反対」派の学者として名が知られるようになった頃、自宅に毎晩、脅迫電話がかかってきた。

午前〇時過ぎ、博史はまだ帰宅しておらず、子どもたちは寝ている。リビングに置いてある電話が鳴り出す。私が取ると、

「西原博史に伝えておけ。いいかげんにしろっ」

受話器の向こうから怒りをぶつけてくる。とっさのことで返事できずにいると、数秒後に電話は切れる。その数秒間の、こちらの気配をさぐるような雰囲気が耳底にざわっと嫌な感じで残る。

帰宅した博史には、事実だけを伝えた。

「伝えろ、と言われたから伝えたわよ」

「うん……大丈夫だよね？」

「大丈夫よ。私、実家で慣れてるもの、いたずら電話」

父の仕事の関係で自宅に電話を引いたのは、かなり早かった。当時は、電話番号の売買ができる仕組みだった。父が買い取った番号は、とても覚えやすかったが、間違いやいた

ずら電話もよくかかってきた。

母は慣れたもので、夜や早朝の電話には、こちらから名乗ることをしない。相手の出方をうかがって、いたずらだとわかると「こちら烏丸《からすま》警察署ですが、事件ですか、事故ですか？」撃退していた。

子どもの頃からそんな環境だったので、さすがに「警察署です」とは言わないものの、世の中には暇な人がいる、と聞き捨てていた。

一度だけだが、「殺してやる」と言われたことがある。相手側の電話番号は表示されず。誘拐事件など特別の場合のみ逆探知をする時代だった。博史と、もう一度かかってきたら警察に相談しよう、と話し合った。

ただ、私としては、博史が活動にブレーキをかけてしまうことを避けたかった。それまでと同じように、社会に向かって堂々と発言し続けてほしかった。私がびくびくしてはいけないと思って、

「今度かかってきたら、実家の母みたいに『警察署です』と言おうかしら」

「君、嘘、下手だからやめといたほうがいいと思うよ」

「演技できないしね。『ハイハイ、ご苦労様です』とでも言っとこうかな」

「変なことを言うと、共犯になるぞ」

「共犯？　私が？」

「まあ、事実認定とか、いろいろあるけどさ」

「『よろしくお願いします』と言ったら、共犯？」

「こら」

「『明日は午後三時頃、高田馬場駅のプラットホームにいる予定です』なんて教えたら？」

「そこまで言ったら、殺人教唆《きょうさ》だ」

その場で六法全書を広げ、

「ほら見ろ。『殺人教唆は六月以上七年以下の懲役又は禁錮に処する』とあるぞ」

「知らなかったぁー」

そんな会話をしているうちに、博史に笑顔が浮かんでくる。彼の笑顔を見ることが幸せだった。


博史は専門に関しては論客に撤していたが、内面では人一倍の淋しがり屋だった。ある会合の飲み会に参加して、ずいぶん早く帰ってきたことがあった。ひと目見て、普通じゃないなと思い、子どもたちを寝かせてから尋ねた。

「何かあったの？」

「……誰も二次会に誘ってくれなかったんだ」

「二次会があることは確かなの？」

「うん……トイレに行ってる間に決まったみたいなんだけど……そういうのって、なんかわかるだろ」

「そうね……仲間外れにされたわけか。そりゃ、気まずいわね」

「なんかさぁ」

「淋しいよねえ、そういうとき。わかるわ」

「君にもあるの？」

「あるある。三十六歳で結婚するまで男社会で働いてきたから、嫌というほどそんな経験したわよ」

「そりゃ、女性抜きのほうがいいときもあるだろうし」

「うーん、まあ、そういう場合だけじゃなくてもね……。でも、女どうしのほうがきつかったりもするのよ。そういえば、子どもの保育園で、ママ友たちから飲み会誘われても、あなたの帰りが遅いから断り続けてたら、呼んでもらえなくなったのよね。次の日に、みんなが飲み会の話をしてるの聞くと、話の輪にも入れないし、淋しかったなあ」

「飲み会だと言ってくれれば、早めに帰ったのに。今度から、言ってくれよ」

「今はもう、子どもだけで寝てくれます」

「知らなかった。ごめん」

「今夜はいい日だなあ。昔の恨みごとまで言えちゃったし。ねえ、時々、仲間はずれにされてきてくれない」

「おい」

「飲みましょ。久しぶりにゆっくり飲めるなんてラッキーだわ」

博史も私も、酔うと口が軽くなるタイプである。ペラペラしゃべって、私が先に寝てしまうのが、いつものパターン。夫がとろんとした目で見守ってくれているのを確認して、平均睡眠時間四時間足らずの私は、安心して寝落ちていく。

博史が亡くなった後、出版社・弘文堂の担当編集者の方が、博史の思い出として、「ワインを持参したときに『妻もお酒が好きなんで、二人でいただきますよ』と、うれしそうにおっしゃっていましたねぇ」と、私が知らなかったことを教えてくださった。

二人で飲むお酒はおいしかった。

二〇〇四年、東京都中野区に引っ越した。田無は緑が多く、子どもが保育園に入ってからはママ友もできてありがたい所だったが、本などが溜まって自宅が手狭になった。それに、午前二時に帰宅する博史にとって、駅から遠い住まいは体力的にきつくなってきた。

新居はハウスメーカーによる注文住宅だったので、設計に始まって、コンセント一つ百五十円也をどの場所にいくつ設置するかといった細かいことまで、毎日話し合った。「新婚時代を思い出すなあ」と博史が言う、楽しい時間だった。

子ども部屋の内装は「予算内で」という注文を付けたうえで、子ども自身にまかせたところ、娘と息子それぞれの個性が出て、驚いてしまった。選び方からして、違う。

小学六年生の娘は店にあるカーテンのすべてに目を通し、第一候補を選定し、第二候補、第三候補と選び進めていく。その過程で何度も迷い、いったん振り落とした物を「敗者復活」させることもある。カーテン地がようやく決まったら、次にレース地でも同じ作業である。それから、カーテンレール、カーテンフックと、あらゆる物に好奇心いっぱいで目をキラキラさせて立ち向かっていく。

かたや小学三年生の息子は、店に入って、さっと一瞥するや「これとこれとこれ」と、ものの二十分もかかったであろうか。「もうちょっとちゃんと見なさいよ。嫌になっても買い替えないわよ」と念を押しても、「これでいい」気に入ったカーテンレールをしっかり抱え込んで、商談用の椅子席で居眠りを始める始末。

部屋が出来上がってみると、娘の部屋は一つひとつは良いのに、全体としてはややチグハグ感がある。一方、息子の部屋は、腕の良いプロが請け負ったホテルの客室さながら統一されている。

同じように育てたつもりなのにと思いながらも、ついつい娘には「好奇心にかられてあちこち飛びはねるより、一つの軸を持つことも大事よ」、息子には「もう少し視野を広く持ちなさい。世界を狭くしてはダメよ」と説教してしまう。

博史は、娘には「いろんなことに興味を持って走り回るのは素晴らしい才能だ」とおだて、息子には「うろちょろしないでじっくり見るのは良い方法だと思うぞ」とほめる。ふだん子どもと接する時間があまり取れない負い目もあったろうが、子どもの個性を認めて伸ばそうとしていた。良い父親だった、と思う。

血のつながりのある姉弟でさえ、違う。元は他人どうしの夫婦が、同じであるはずがない。夫婦ゲンカをしたときの彼の謝り方は、私をびっくりさせるものだった。京都生まれの私は文句を言うのが下手で、嫌なことも溜め込んでしまう。そして、何年かに一度、噴火する。

「ごめん。君がそう思っているなんて、まったく気がつかなかった。悪かった。でも、また同じ失敗をすると思うので、よろしくお願いします」

「はあ？　また同じ失敗をすることが前提なの？　ふつう、謝るときには、もう二度としませんと言うものでしょ」

「だって、また同じ失敗するに決まってるもん」

「決めないでよ」

そんなこんなを言い合ううちに、結局はお互いに笑い合っている。遺恨を遺さずにノーサイドに持っていくケンカは、彼が一枚上手《うわて》だった。


結婚指輪を紛失したことがある。私たちは二人とも結婚以来ずっと指輪をしていたので、左手薬指に指輪がないことに気づいたときには青くなった。博史に隠して、思い当たるところを必死に捜したが、見つからない。仕方なく、実母の遺品の中にそっくりな指輪があったので、それをはめていた。

ところが、二カ月ほど経ち、博史の誕生日が近づいて「プレゼントは何がいい？」という話をしたとき、「お返し、あげようか？」と言うのである。誕生日プレゼントのお返しは

もらったことがなかったので、「どうして？」と尋ねると、ニヤリと笑って、

「指輪、買ってあげようか」

「気づいてたの？」

「気を遣ってるなあ、と思ってたんだ」

偽物をはめてすぐ気づいたそうだが、怒らないで黙ってくれていたのだ。しかし、結婚指輪を新調する出費は痛い。

「ごめんなさい。もうちょっと待って。で、どうしてもダメだったら、三カ月後の私のお誕生日のプレゼントにして。それまで、この偽物でよければ、なんだけど」

「いいよ。見つからなかったら、買ってあげる」

朗らかな言い方だった。

結局、指輪は洗濯機の下から見つかった。洗濯物の仕分けをしていたときに抜けて、洗濯機の下に転がり込んだらしかった。

「あったー！」

家にいた博史に、指輪を振りかざして見せると、

「おう、よかったな」

屈託なく笑った。その笑顔から、彼の内心の声が聞こえるようだった。

（心配しなくても、買ってあげてもよかったんだよ。でもまあ、結婚以来の歴史を共に歩んだ指輪が見つかってよかったな）


健康診断の触診で、乳がんの疑いを指摘された。

私は父をすい臓がんで亡くしている。命をなくすか、乳房を摘出されるか、と不安にさいなまれた。再診に行く前の晩、彼に頼んだ。しっかりした声を出すつもりだったのに、口から出た声は震えていた。

「入院することになったら、その前の晩、抱いてね」

少し離れた場所にいた博史は走りこんできて、私をハグして言ってくれた。

「入院する前も、退院した後も、君を抱くから。乳房なんかなくたって、君を抱くから」

マンモグラフィの診断結果を聞くときには、付き添ってくれた。

女医さんが極めて冷静に
「脂肪腫でしょう。つまり脂肪のかたまりです」

帰りの車内の会話は弾んだ。

「人をさんざん心配させやがって。なんでそんなとこにできるんだよ」

「原因不明、て言われたでしょ」

「お腹の脂肪が引っ越ししたんじゃないの。最近太って」

「そうかな。やばっ」

そのときに明かされたのだが、博史は乳がんの治療法、手術するならどの病院がいいか、その病院の知り合いなど、可能な限りを調べてくれていた。


博史が夜中の二時頃に呻き声をあげ、七転八倒したことがある。

救急車を呼ぶより私が車で運んだほうが早い。家から近い総合病院に電話して診察の予約を入れ、深夜の道を走った。病院の駐車場からは、肩に支えて歩いた。博史とは身長差二十二センチ。一生懸命、背伸びして支えた。

診察結果は、尿道結石。痛み止めと結石を早く出すための利尿剤を処方してもらった。

博史は、原因に心当たりがある、と言う。

一週間ほど前に行われた大学体育会剣道部の早慶戦に、部長として列席していた。最前列に座らされたので、途中でトイレに立たなくて済むように水分を控えていたため、尿が濃くなったらしい。

「だって、試合を見た学生と見なかった学生とがいたら、不公平じゃないか。それに、休憩中にはOBたちが挨拶に来るし」

博史らしい、やさしさだな、と思った。

ところが、その翌年も尿道結石ができてしまった。さすがに次の年からは、休憩中にトイレに行くことにして、お茶を飲んだ。

結石は二年とも、二日間「痛い、痛い」と呻いた後に、薬が効いたかコロリと排出できた。

義母の逝去

義母は、「非結核性抗酸菌症」という肺に菌が棲みつく病にかかり、四年におよぶ闘病の末、二〇一〇年六月二十七日に亡くなった。

この病気の恐ろしい点は、特効薬がないことである。咳止めや解熱などの対症療法薬を用いながら、根本的には自己の生命力を高めるしかない。肺の炎症が進むと呼吸が苦しくなり、やせていく。やせすぎると脳も萎縮する。

ある日、義父に連れられて我が家に来た義母が、不思議そうに周囲を見回した。何度も来ているのに、ここが息子の家だということに気づかなかったのだ。

認知症の診断を家族が勧めても嫌がるだろうと思い、かかりつけの医師から持ちかけてもらうことにした。

診察には義父と博史が付き添った。

医師が「この病気の症状の一つとして脳のほうのですね」と言い出した途端、義母は最後まで聞かずに、「私には、認知症は関係ございません」語尾きっぱりと突っぱねたそうだ。

しかし、症状は次第に進み、自分の身の回りのこともできなくなっていった。体力が落ちて、ほぼ寝たきりになった。呼吸機能が弱まり、酸素濃度が低くなりすぎたり、二酸化炭素濃度が高くなりすぎたりして、入退院を繰り返した。が、その頃はまだ、意識はしっかりしていた。

ある夕方、病室で付き添っていた私は、目覚めた義母から「恭子さん。お仕事があるんじゃないの？　もうお帰りなさい」と、声をかけられた。小さなトゲを抑え込んだ言い方だった。

（博史が話してくれたんだ）と、察した。そのいきさつは、こうである。

博史が一人で見舞いに行ったとき、義母から「恭子さんは？」と尋ねられ、うっかり「仕事で来れない」と返事してしまった。私が仕事をしていることは隠していたのだが、義母はすでに勘付いていたらしい。その場で、博史に命じた。

「恭子さんに、仕事なんか焦らなくていいのに、と言いなさい」

「うん。そう言ってるんだけどねえ」

　まるで、君のことかばっておいたよ、という口調での報告だった。私は反発した。

「それだと、あなたは私が働くことに反対なのに、私が夫であるあなたに逆らって働いているみたいじゃない。お義母様にすれば、息子の言うことも聞かない身勝手な嫁になるわけよね。僕は仕事を持っている女性が好きなんだと、ちゃんと伝えてください」

「波風を立てないほうがいいと思ったんだけど。……わかった、今度ちゃんと言っとくよ」

　博史がどんな言い方をしたのかはわからない。が、義母にとって納得できるものではなかったようだ。

　そうと察して、私は気まずい思いで、義母の顔色をうかがいながら「アイスクリーム、召し上がりませんか」と勧めてみたが、「結構です」と、そっぽを向かれてしまった。

　その日は、いつものように「おむつ替えましょうか」と聞くこともせずに病室を出た。尋ねても「結構です」と拒絶されるに決まっていたし、拒絶するときの義母の気持ちが、痛いほど感じられたからだ。

　帰宅の道々、自分が嫌になった。義母の立場にすれば、息子一家にとって良かれと思って言ったのである。それなのに、息子をして自分に反抗させた嫁、そんな嫁におむつの世話までさせねばならない、寝たきりの体という現実。

生きる気力をそいでしまった。

いつもきれいに身なりを整え、上品でプライドが高かった義母に、やってはならないことをやってしまった。

そもそも、入院中の義母に辛い思いをさせるほどの「仕事」をしているか。

私はライターとして、文化とりわけ京都育ちであることを一つの武器にしていたが、京都に新しい店ができてもすぐに出張できない。もう一つの武器の英語やドイツ語は、帰国子女には太刀打ちできない。徹夜も体力的にきつくなりつつある。

娘は高校三年生、息子は中学三年生。二人とも受験生。「仕事での代わりはいても、母親の代わりはない」という言葉が胸をよぎったりもする。

新聞広告を見て採用試験を受け、模擬試験答案の採点や小論文添削の仕事にシフトした。受かる自信がなかったので、博史には事後報告だった。家庭でできるし、時間の融通もきく。ただし、収入は大幅に減る。

博史は予想通り「君がそうしたいんなら、それでいいんじゃない」と賛成してくれた。「家計費、足りなかったら言ってくれればいいから」

結婚したときから、私たちの財布は別だった。出産と海外赴任を経て、住宅ローンや光熱費など月々の固定費は彼の口座から引き落とし、日々の生活費は私のほうから出していた。彼の収入や貯金額は知らないが、なんとかなるだろう。優先順位を考えよう。

　受験の天王山といわれる夏休み。家族それぞれの食事時間に合わせて料理した。一日七回、台所に立つことになった。一回目は高校の補習と塾に行く娘の朝食とお弁当。二回目は塾に行く息子の朝食とお弁当。三回目は博史のブランチ。四回目は帰宅した息子の軽食。五回目が息子の夕食。六回目が娘の夕食。七回目が博史の夕食。買物と食事作りと洗い物だけで人生が終わるような気分になった。

　それでも次第に慣れて、息子の軽食さえ置いておけば、お弁当持参で義母の病院に行くこともできた。


　義母は、里芋の煮っころがしをはじめ芋類が好きで、ジャガ芋たっぷりの石狩鍋、トロロ芋、大根の葉の炊いた物などを喜んでくれた。食べる時間以外は、ほぼ寝ている。私の仕事について、改めて話す機会を持たなかった。

　徐々に、芋類をより柔らかく、より水分を多くして作らねばならなくなった。ほかのお惣菜もみじん切りにしたり、片栗粉でとろみをつける工夫が必要になった。噛む力と飲み込む力が衰えてきたのである。

　義父は毎日見舞いに行き、博史や私もできる限り面会に行った。二十四時間装着の心電図検査があるときには泊まり込み、個室の応接セットのソファーで寝た。

義母は、夜になると咳が出る。ナースコールをしても「これ以上酸素吸入器の強さを上げると肺が破裂します。我慢してください」としか言われない。

背中やお腹をさするしか、してあげられなかった。さすると、うとうと浅い眠りに入る。しかし、すぐに咳込む。おむつを替えたときに気づいた。手足がとても冷たい。看護師さんの許可を得て、タオルを熱々の湯で絞り、首筋、腕、足などを温めた。

体調が良いときには、バケツを借りて足浴した。椅子に座ってもらってバケツの中に湯をはって足を浸ける。義母の足は骨の形が露わになるほど肉が落ちていた。膝の関節が骨の形のまま丸くふくらみ、腿もふくらはぎも、膝関節より細い。それでも「足浴しましょうか」と声をかけると、いつも口角を上げてうれしそうな表情を見せた。

ある日、足浴を終え、ベッドに横たえて足をさすっているときだった。

「恭子さん」と呼びかけられた。「恭子さん。好きなことをしなさいね。でないと、損よ」

驚いて義母の顔を見ると、目を半分閉じて、うつらうつらと気持ち良さそうだった。

「子どもたちはもう大丈夫よ。ありがとう」

瞬間、遺言だと思った。どんな返事をしても、上辺《うわべ》の言葉にしかなるまい。

黙って、足をさする手に心を込めた。

しばらく経って「子どもたちがもっと大きくなって巣立つまで長生きなさってください」と励ますべきだと気づいたときにはもう、義母は眠りの世界に入っていた。

　義母の言葉を、私は博史に言わなかった。遺言だと思ったこと自体が不吉な気がしたし、「損よ」という語もひっかかった。この世からの旅立ちを前にして、義母は自分の人生を「損」だったと思っているのだろうか。良妻賢母の鑑《かがみ》みたいな生き方を貫いた義母の最期の言葉として博史に伝えるには、残酷だと思った。

　しかし、この作品を書くために義母の様子を思い出して、私は大きな勘違いをしていたことに気づいた。義母は「自分の人生を損だった」と言ったのではない。「子どもたちはもう大丈夫よ。ありがとう」と伝えた声音は、自分の人生を振り返って損だったという後悔や悔しさなど決して含んではいなかった。慈愛に満ちた、とてもとてもやさしい声色だった。

　義母はきっと、私がむりやり蓋をして抑え込み、自分でも気づいていないふりをしていた心の底の感情を察して、掬《すく》い取ってくれたのだ。「私は損な役割をしている」と、私は心の底で思っていたのではなかったか。義母は、息子の嫁が「損な人生を生きている」と思っていることに気づき、「孫たちは大丈夫。あなたも好きなことをしなさい」と慰め励ましてくれたのだ。

賢く美しい義母であった。

二〇一〇年二月、義母は意識不明になり、救急車で搬送された。何度も入退院を繰り返していたが、これが最後の入院になった。義母の肺は二酸化炭素を排出する力がなくなっていて、二十四時間、人工呼吸器を付ける処置が施された。

ゴールデンウィークを超えることは難しいと宣告された。家族みんなの願いは、六月二十二日の八十歳の誕生日をお祝いしたい、ということだった。

その願いに、義母は応えてくれた。病室にケーキを持ちこみ、娘と息子もそろって「ハッピーバースデー」を歌った。歌の途中で義母は突然、目を開けた。歌が終わっても十秒ほど、意識が戻っていたようだった。

それから五日後、義父の表現を借りると「熟した実が枝から離れるように自然に」息を引き取った。

葬儀は、お寺の会館を借りて催した。椅子席が固定ではないので、だいたいの参列者数を推測してパイプ椅子を用意した。すると当日、一席も多すぎず少なすぎず、ピッタリに収まった。義父や親族に面倒をかけまいと義母が差配したのではないか、いかにも義母らしいと、親戚一同で納得しあった。

二人でなら

東日本大震災後の五月の連休、博史と被災地にボランティアに出かけた。

私たちがボランティアに行くことを決めたのは、息子の誕生五日後に阪神淡路大震災があり、京都の友人たちがボランティアに行ったことを聞きながら、何もできなかったという思いが残っていたからである。

車にペットボトルやパン、毛布、トイレットペーパーなど日用品一式を積み込み、いざとなれば車内泊する覚悟で出かけた。

陸前高田市のボランティア集合場所では、仕事の振り分けを待つ大勢の人々がいた。そろいのジャージやパーカーを着た宗教関係者や政治団体のグループもあった。そういう人たちは、待っている間も仲良くおしゃべりしていた。

博史が、まじめな声で、私に語り始めた。

「こういう災害のとき、身内や心の許せる友達を被災地の外に持っていると、いろいろ救われるんだろうな。身内や友達がいなくても、何かの団体に所属して名簿に載っていれば、助けられることもあるだろう。関係者がボランティアに飛んできたり、支援物資が団体の支部などに送られてくることもあるだろう。何より精神的に、自分は独りじゃない、と慰められるんじゃないかな。それに対して、どんな団体にも入らずにいることは、ときにはものすごく孤独を感じるかもしれない。独りぼっちだと淋しくなるかもしれない。
それでも僕は、法律家として、宗教と政治の団体には入らないでおこうと思うんだ。既成の宗教や政治団体は、無誤謬《むごびゅう》性を標榜《ひょうぼう》している。だけど、人間は過ちを犯すもの。過ちを犯すから、法律が必要なんだ。法律家の僕は、無誤謬をうたう団体に入ることはしたくない」

もともと憲法学者として、どんな政党が政権を担うことになってもノーと言える立場を貫く、とはよく言っていたことである。しかし、津波に押し流された家や建物が瓦礫の山と化して、うずたかく積み重ねられた被災地を目の当たりにしての言葉には、重いものがあった。

耳になじんだ少しハスキーな博史の声が、私の心にしみ通った。

「私も、その考え方に賛成するわ」

「じゃ、一緒に孤独になってくれる？」

「いいわよ」

私たちはその晩、「お湯が出ないからお風呂は使えない、冷たい水しかないけど、よければ素泊まりで泊まってほしい」というホテルに部屋を取り、手をつないでしみじみ語り、二人なら孤独も怖くないね、と微笑みを交わした。

子ども二人が大学と高校に入ってからは、子どもを家に残して、各地のお蕎麦屋さんめぐりをした。ネットのグルメ情報を仕入れて、ランチを目指す。その後は近所の名所をまわる日帰りドライブである。東京の郊外から埼玉県、群馬県と足を伸ばし、静岡まで行くこともあった。

夫婦で海外の学会に出かける機会も多くなった。最初は、韓国で三泊四日だった。ドイツで同じ教員住宅に住んでいた方が学会を主催する立場になり、家族ぐるみで仲良くしていたので「恭子も一緒に」と招いてくださった。

夫婦だけで泊まりがけで出かけるのは初めてだったため、ちょっとうしろめたい思いでいる私に向かって、義父が背中を押してくれた。

「それはいい。ぜひ二人で行ってきなさい。わしらもよく夫婦で行ったよ。子どものことは、わしが見るから、全然心配いらない」

義父は、義母が亡くなった後、私たちのすぐ近くに引っ越ししていた。うきうきした様子で、孫との留守中の夕食スケジュールを決めていく。一日目は近所のファミリーレストラン、二日目は鰻屋、三日目は……。

帰国してから聞いてみると、夕食会は大いに盛り上がったらしい。義父お得意の歴史論、日中関係論、国際関係論、リーダー論、人生論……。

「まだまだ教えなきゃいけないことがいっぱいある。次に二人が出かけるのはいつなの？」

次にドイツからベルギーへ一週間と決まったときには、待ってましたとばかり夕食スケジュールをたててくれた。おかげで、その翌年には安心してノルウェーに行くこともできた。

これらの学会では、ドイツに住んでいたときの家族ぐるみの交流が再開された。開催国の学生を集めて、妻たちがシンポジウムを開くこともした。各国の生活事情を知ることができると好評で、日本に留学したいという学生も現れ、私も夫に同行した意義を見いだせてうれしかった。

帰国便の機内で、博史に「お義父様が子どもたちを見てくださるから、ありがたいわね。お義母様の分も親孝行しなくちゃ」と言うと、「うん。そうだな」と微笑んだ。

まさか義父に逆縁の不幸を見させることになろうとは、夢にも思わなかった。

博史が中国武漢大学で講演をしたのは、二〇一六年三月である。広大なキャンパスのあちこちに、桜が満開だった。

大講堂での講演会には、五百人ほどの学生が集まっていた。通訳は日本語科を卒業した院生で、実に流暢だった。

博史の講演がひと通り終わったところで、会場の学生と質疑応答に入った。みんな熱心で、活気にあふれていた。数人の質疑の後、ある女子学生が手を挙げた。

「『菊と刀』について、どう思っていらっしゃいますか？」

たちまち会場から声が飛んだ。

「その質問は、今日の講演と関係ない」

女子学生はひるまなかった。

「関係あります。あるからお尋ねしているのです」

会場中が静まりかえった。

博史は困った顔で沈黙している。『菊と刀』を読んではいないのだ。ヤバい。思わず挙手をして、私は立ち上がっていた。

「『菊と刀』は、第二次大戦中に、アメリカのルース・ベネディクトが日本人の精神構造を調査した結果をまとめた本で、菊は皇室、刀は武士を象徴しています。ベネディクトは結論として、日本人の行動規範のキーワードは『恥』だとしました。日本人は何よりも恥をかくことを恐れ嫌がる、と。今のご質問は、そういう日本人の民族性が日本の法律とどう関係しているかということではないでしょうか」

博史と目が合った。アイコンタクトで、サンキューと送ってきたのが読み取れた。

博史は、会場に向かって落ち着いて話し出した。

「そうですね。皆さんに覚えておいてほしいことは、法律がある日突然、施政者の気まぐれで作られることはない、ということです。少なくとも、近代国家においては、独裁者の鶴のひと声で法律が決まることはありません。

第二次世界大戦に向かう日本でも、国家総動員法が突然できたわけではありません。その前に、日本は神の国だとか、天皇は神様だとかいった雰囲気が作られていました。とりわけ日本で雰囲気作りに有効だったのが『菊と刀』で指摘された『恥』という概念です。兵隊さんになれない男は恥ずかしいとか、お国のために死ぬことは名誉で、捕虜になって生き伸びるのは恥だという雰囲気が出来上がっていきました。

現在でも、メディア操作など、雰囲気作りが行われています。同調圧力もあります。法律はいったん制定されれば力を持つものですから、社会がおかしな雰囲気になっていないか、おかしな雰囲気作りがなされていないかに、注意を怠ってはいけません」

博史がマイクを置いたとき、会場から大きな拍手が湧きあがった。

そのときのご縁がつながって、同年八月には武漢大学の教授に早稲田大学で講演していただいた。

講演が成功を収めた後、夫婦どうしで京都に一泊旅行した。

夜、ホテルの部屋で、博史が言い出した。

「明日、お義母さんのお墓参りに行こうよ」

「そんな時間、ないでしょ」

「ロビー待ち合わせが午前八時半だから、その前にタクシーで行けばいいよ」

「そんなに早起きしなくてもいいわよ。またいつか改めて来ればいいし」

「いつか、なんて言ってるといつになるかわからないよ。今回も、行こうよ。六時半から朝食をとって、七時半にタクシーに来てもらって、お墓参りしている間は待っててもらえば約束時間には戻ってこれるよ」

さっさとタクシーの予約をしてくれた。

お墓参りの帰りのタクシーで、心から「ありがとう」と言った。博史のやさしさが身にしみた。

若い頃には「どうして自分の時間ばかり大切にするの」と突っかかったこともあった。

その彼が、大好きな睡眠時間を削ってまでも私の実家のお墓参りに行こう、と言い出してくれた。

時間の取りあいをするような時期を越えて、私たちはお互いにまた相手のために自分の時間を提供することをうれしく感じるようになっていた。

結婚生活とはとどのつまり、日々の暮らしにおいてはお金と時間の共有だと思ったこともある。時を経て、お金は生きるために必要で、より良く生きるための手段の一つだと思うに至った。一方、時間は、時間の累積こそが人生なのだから何より大切なものではあるまいか。ならば、幸せな時間の集積こそが幸せな人生といえるのではないだろうか。若い頃には、家族のためとはいえ、自分のために時間が使えないことが悔しく悲しかった。が、歳を重ね、自分の一番幸せな時間とは、愛する人が幸せでいてくれる時間だと実感していた。

社会科学部学部長

二〇一四年九月から、博史は早稲田大学社会科学部の学部長兼社会科学総合学術院の学術院長を務めた。

学部行事の様々な場面でスピーチをする機会があり、その都度、「原稿、見て」とプリントアウトしたばかりの原稿を渡された。原稿が決まると、時間計測を兼ねて、リハーサルもした。

以下は、二〇一六年三月の学部卒業式でのスピーチである（要点のみ抜粋）。

学問を修めた人間にとっては、自分の知っていることと知らないこととを見分ける能力は極めて重要です。そして、社学が考えるチーム型問題解決は、専門を持ち、知っていることと知らないことの異なった組み合わせを持った人たちの力を結集する学際・総合によって、新たな枠組を切り拓いていこうとするものなのです。ところが今、その社学的問題解決に立ちはだかる大きな障壁が現れようとしています。

難問に取り囲まれたこの世界には、専門知が役に立たないからといって、エヴィデンスと確立した原理を踏まえた知的推論そのものを軽視しようとする風潮が広がっています。専門知を軽蔑し、乱暴で勇ましいことを大声で言った人間を英雄に祭り上げていこうとする傾向です。この思考枠組は、「反知性主義」と呼ばれます。そのように反知性主義が蔓延しようとしているとき、そして他方で既存の専門知に頼ることによる問題解決が限界を迎えていることを認識するとき、我々は何をすればいいのでしょうか？

ここで、日本が前回、反知性主義に呑み込まれていった時代に、それに抗し続けた一人の早稲田ＯＢを紹介しましょう。政治ジャーナリスト・政治家、そして本質的には右翼イデオローグであった中野正剛という人物です。

彼は、信奉する全体主義の思想にもかかわらず、時代認識として、独裁体制を確立しようとする東条英機を祭り上げる形で進んでいた「大政翼賛」運動が大きな過ちであるという確信を持っていました。翼賛運動への参加を拒むことによって厳しい批判とプレッシャー、そして後には治安維持法違反を名目とする弾圧に身をさらしながら、それでも政治家としての信念を曲げることをしませんでした。

その彼が、憲兵隊に取り囲まれながら、一九四二年ですから昭和一七年、ここ大隈講堂で「天下一人をもって興る」という二時間半の大演説を行います。聴衆の熱狂によって、結局は憲兵隊が演説を静止できなくなったという、いわく付きの過激な演説でした。その中の一節をご紹介します。

『諸君は、由緒あり、歴史ある早稲田の大学生である。便乗はよしなさい。歴史の動向と取り組みなさい。天下一人を以て興る。諸君みな一人を以て興ろうではないか。日本は革新せられなければならぬ。日本の巨船は怒涛の中にただよっている。便乗主義者を満載していては危険である。諸君は自己に目覚めよ。天下一人を以て興れ、これが私の親愛なる同学諸君に切望する所である』

世界は今、不安定な中で道を切り拓こうとする、困難な課題に直面しています。そのときにこそ、社学で学んだことが輝くはずです。「天下一人をもって興る」の気概と社学生としての誇りを持って歩む、皆さまの洋々たる前途を祝し、卒業のお祝いの言葉とさせていただきます。皆さま、卒業おめでとうございます。

二〇一六年三月二十五日　　　早稲田大学社会科学部長　西原博史

第五章　ヴェネツィア

ヴェニス国際大学

「ヴェネツィアへ行こう」

と、博史が言い出したのは、二〇一六年の夏だった。一週間くらいの学会かと思ったら、一年間暮らすと言う。

早稲田を含め世界の十六大学が出資して創立したヴェニス国際大学に、早稲田からも授業担当教員を派遣しており、社会科学部に順番がまわってきた次第だった。

市の名称は、イタリア語ではヴェネツィア、英語ではヴェニスという表記になる。大学の名称は「ヴェニス国際大学」である。

「行こうよ」

誘う言葉を投げて、博史は私の顔色をうかがっている。

突然のことで返事できずにいると、

「実は……大学の中では英語が公用語なんだけど、生活もあるから一緒に来てほしいんだ。君、語学の勉強、好きだろ。イタリア語も習ってよ」

「ちょっと待って。考えさせて」

期間は来年九月から翌年の八月まで。私は娘が大学に入学したのを機に、念願のライターの仕事を再開していた。小論文の添削も続け、アルバイトで塾の講師もしていた。もしも博史に同行してヴェネツィアに行くなら、仕事は辞めなければならないだろう。一度辞めてしまったら、帰国時に六十三歳になっていることを考えると、再就職は難しい。

内心では、私の仕事はなんの苦労もなしに手に入れたのではなく、一本ずつの原稿、一回ずつの仕事を懸命に続けたからだと自負していた。仕事の極意は「正確、迅速、丁寧、親切」だと、肝に銘じて働いてきた。

趣味も充実していた。二つの合唱団に入り、ボイストレーナーの先生についてオペラアリアの発表会にも参加していた。合唱は一人ではできない。「楽しければ人は集まってくる」と考えて、率先して楽しい時間を演出してきた。

ＰＴＡ、町内会、ボランティアなどでは「元気な身体、明るい笑顔、やさしい言葉」をモットーとして動いていた。「町内会活動によく貢献されました」と、中野区から表彰状と時計を頂戴した。

さらに、ＮＰＯ文化芸術教育支援センターが公募した舞台脚本で大賞をとり、物書きとしての一歩を踏み出したと感じ始めたところだった。子育てが一段落してから、シナリオセンターに通って、勉強を始め、ようやく大賞を受賞できたのだ。「アイ・ラブ・キャッツ」というタイトルで、猫カフェの女性店長とミュージカル「キャッツ」のオーディションを受ける若手女優とが夢に向かって進む姿を、コメディタッチで描いた。登場人物が挫折して実力不足に悩むところは、私自身の投影だった。

応募の際に、校正とダメ出しを博史がしてくれていたので、「あなたのおかげよ。ありがとう」とお礼を言うと、「授賞式に参加する権利、あるよね？」授賞式では、会場からにこにこして舞台上の私に拍手を送ってくれた。

「福田るま」の筆名で書いたその作品は、八月に東京の小劇場で二日間四回上演され、四百人ほどのお客様に観ていただくことができた。博史と娘と息子も来てくれた。家族の応援も得て、私はこれをきっかけにもっといっぱい書いてみたいと、考えていた。

そんなこんなが、ヴェネツィア行きを躊躇させた。振り返れば、新婚のときには一日中誰とも話すことのない日々だった。そこから、二十五年努力して人間関係を築いてきた。その絆が、ヴェネツィア行きで断ち切られるような気がした。

博史は帰国しても職場に復帰できる。人間関係も変わらない。むしろ海外で人脈を広げることもできるだろう。だが、私のほうは……去る者は日々に疎しという語もある。人生の三分の二を過ぎてしまった年齢で、今までの人間関係から離れることに不安を感じた。

一方で、妻として主婦として一緒に行くべきだ、という気持ちもあった。私より四歳年下だが、五十八歳になっている彼も決して若くはない。健康管理をしたり、心理的な相談にのったり、夫婦で多くの方々と交流したり、海外で妻が果たすべき役割は大きい。ドイツに住んだときも、その後の海外出張でも、博史の役に立ったという自負もある。

第一、人一倍淋しがり屋の彼に我慢をさせて、私は満足できるのか。

これまでで離れて暮らした最長記録は五日間。博史がブラジルの学会に行ったときである。地球の裏側まで行きながら「君がいないとつまらないから」と、学会後の主催者企画旅行もそこそこに帰って来た彼なのである。私も、彼の顔を見ない五日間は落ち着かなかった。単身赴任など論外だ。私だって淋しいに決まっている。

だが、一年間、日本を離れる決断もつかない。博史が私の決心を尊重してくれることには疑問の余地がない。「一緒に行く」なら喜んでくれるし、「行かない」であっても「わかった。単身赴任するよ」と言ってキスしてくれる、そんなシーンが目に浮かぶ。決断できなかった。

返事を先延ばしにしつつ、いつもより手の込んだ料理を出す私の胸中を、博史が推し測って、新しい提案を出してきた。

「最初の一カ月ほど一緒にいてくれて、途中で日本に帰り、クリスマス頃にまた来て、また日本に帰って、最後に帰国前に来るというのはどう？」

「それ、サイコー！」

旅費はかかるが、この際、老後資金を切り崩しても、その方法がベストだと思った。

年が明ける頃から、ヴェネツィア行きの準備を始めた。町内会や合唱団の役員を辞任し、音楽連盟の幹事も下りた。しかし、一方で、職場への挨拶はしないでいた。籍だけでも残しておいてもらえるお願いの仕方はないか、など考えてぐずぐずしていた。


二月に、二人で伊豆へ一泊旅行した。「学部長時代を支えてくれたから」と、博史が企画してくれた。愛犬を車に乗せて、稲取温泉に宿を取り、伊豆半島をほぼ一周した。

車中や旅館で、博史のヴェネツィア行きについて、詳しく聞いた。きっかけは英語問題だった。

ヴェニス国際大学の公用語は英語である。授業も事務も、英語で行われる。世界十六の大学から留学してくる学生の四分の一は、アメリカ、カナダ、イスラエルなど英語を母国語としている。ほかはフランス、イタリア、ベルギー、中国、そして日本からの学生たち。

全員、英語を母語なみに使うことができる。

博史はドイツ語には自信を持っていたが、英語には拭い難い苦手意識があった。

「僕、大学院の博士課程の試験、英語で落ちたんだぞ」

「もう三十年も前の話でしょ」

「トラウマだ」

「英語の借りは英語で返す。院生時代の借りはゲストプロフェッサーになって返す」

「まあ、そうなんだけど……、授業で僕が一方的に話す準備はだいたいできたんだけど、質問とか、学生って時々予測不能のことを尋ねてくるから」

「学生さんが質問に来たら、理解できるまでしつこく『もう一度言って』と頼むしかないわね」

「質問は聞き返せるから、まだいいんだけど、試験の採点ができるかなあ。日本語でも意味不明の答案もあったりするし」

「うーん。学生さんを呼び出すとか」

「それは不公平になる」

「でも、先生であるあなたが読んでわからないのなら、自信を持って『意味不明、わからない』と処理していいんじゃないかしら。同僚の英語圏出身の先生に尋ねるという方法もあるかもね。あとは日頃から、学生さんが信頼してくれる教員になっておくことかしらねぇ」

「そうだなあ。試験には朱筆を入れて返したいんだけどなぁ。good とか very good とかの一筆だけじゃなくて」

「たまには excellent と書いてあげればいいのに」

「そんな答案、めったにないよ」

「あなたの評判、聞いてるわよぉ。西原は普段の授業はわかりやすくて良い先生だけど試験が厳しい、と言われてるんだって」

「当たり前だろ。普段の授業がわかりにくくて試験は甘い教員になんか、なってたまるか」

思わず笑ってしまったが、

「だけど、あなた、学者志望の人の論文も、けなしてばかりなんだもの。ほめて伸ばすという方法もあるでしょうに」

「ない。それは、やっちゃダメだと思ってる」

突然、真剣な言い方に変わったので驚くと

「学者になりたいと思う人間を引き受けるなんて、とんでもないことだよ。そいつの人生の面倒を見るなんて、簡単にやっていいことじゃない。けなされてやめるくらいなら、一刻も早く学者になろうなんて考えは捨てたほうがいい」

「でも、あなただって、けなされてばっかりじゃなかったでしょ。ほめられて伸びたところもあるでしょ」

「僕の時代は、よかったんだよ。高度経済成長期に生まれて、人口も大学も増えてたから、ポストがあった。だけど今は、時代が違う。少子化でつぶれる大学もあるんだよ。就職できるかどうか、狭き門なんだ」

確かに、地方では、新入生を募集して定員の半数にも満たない受験生しか集まらなかった私立大学もある。就職に有利とはいえない憲法のゼミを受講する学生は減っており、教員ポストも削減され始めている。

学部長として最前線に立ってきた博史の言葉には、実感がこもっていた。

「実は、僕がヴェニス国際大学に赴任したいと手を挙げたのも、僕自身が英語を自在に操れるようにならなきゃダメだと思ったからなんだ。学会に行くたびに、英語が国際共通語になってるのを感じる」

博史と一緒に参加した学会付随のエクスカーションのガイドはほとんどの場合、英語だった。ドイツが開催場所だったときでさえ、ドイツ人の教授たちがドイツ語と英語で案内してくれた。

「これからの門下生たちは、英語が不自由なく使えなきゃ、置いてけぼりになる。それに、もう何年かしたら、若い人たちは、学者志望者に限らず、海外就職とか外国人相手のグローバルな仕事とかを視野に入れておかないとやっていけなくなると思うんだ」

実際に私が知っているなかにも、台湾出身でシンガポールの大学の准教授をしている方や、ドイツで教壇に立っているスペイン出身の方もいる。

「僕が定年になるまでの間に、そんな時代が来るかどうかはわからないけど、門下生を採る以上は、僕自身が海外の大学に就職用のちゃんとした推薦状を書ける教員になっていないと始まらない」

これまでも、オックスフォード大学の大学院に留学する学生の推薦状なども書いていた。

「今まで書いてきた留学用の推薦状より、もっとちゃんとしたもの？」

それ以上のもの？

「もっともっと、一人ひとりの個性をしっかり伝えてあげなきゃいけないんだ。僕、これでも師匠なんだぞ」

学問の世界では、いまだに「師匠」「弟子」という言葉が使われたりする。博史はそういう呼び方が好きではなく、自分から使うことはまったくなかった。だが、その立場への責任はものすごく感じていた。

「三歩下がって師の影を踏まず、なんて言う学生がいるんだよ。バカじゃないかと思うよね」と、口をとがらしたこともあった。「弟子たる者、藍より青く、を目指さなくてどうするんだ」

同時に、自分が率先して、より高いハードルを目指す。そのためには英語が自在に操れるようでなきゃダメだ。英語を公用語とする大学に身を置いて、まず自分を鍛える。

博史らしい考えがあっての、ヴェネツィア赴任志願だった。

五月には、ひたち臨海公園で一面のネモフィラ花畑を見、五浦温泉に旅行した。ネモフィラの群生は、私が以前から見てみたい所だった。

「お花、興味ないと言ってたのに、あなたから誘ってくれるなんて珍しいわね」

冷やかすと、

「ヴェネツィアに来てくれることを思えば、遠くないからな」嫌味なく言い、続けて「君が日本に残りたい気持ちは理解できるよ。だから無理にとは言わない。ただ」

「ただ？」

「悪いけど、そう何回も往復させてあげられるほどの資金がない」

私たちは結婚したときから、お財布は別で、彼の貯金額がいくらなのか、まったく知らなかった。

「了解。飛行機代は、自分でなんとかする」

「ごめん」

「いいわよ。季節を変えて何回もヴェネツィアに行けるなんて楽しみだもん」

「よかった、そう言ってくれて」

「あなたも、独り身の気楽さと、古女房と一緒の暮らしと、両方あるほうがいいんじゃない？」

「……僕は、君と一日でも多く暮らしたい」

はっとした。穏やかなもの言いだったので、よけいに心に刺さった。

私はなんとわがままな女なのだろう。私みたいな、見映えが良いわけでもない六十女に、こんなことを言ってくれる人はほかにはいない。「一日でも長く」と言うと余命宣告を受けた病人みたいに聞こえるから、「多く」という言葉を使った気配りも感じた。

君と一日でも多く暮らしたい。

その言葉を聞いて、私は決心した。博史と一緒にヴェネツィアに行こう。職場には辞職願を出す。

辞職願は、「そうかぁ、ヴェネツィアかぁ。いいねえ」という言葉と共に受理された。

何回も往復する案は、私の中で破棄した。

なんだか胸の霧がすっかり晴れたように、一緒に行くことが楽しみになった。

子どもたちとも話し合った。

娘は大学卒業後、企業に就職したが弁護士を志して退職し、ロースクール入学を目指していた。父親の博史にも相談して決めた進路である。

博史は司法試験の考査委員をしていたが、娘が受験することもあって、辞職した。

息子は入学した大学でなじめず、退学していた。発達障害があり、文字を読んで知識を得ることが苦手である。反面、ディスカッションなど口を使って議論するのは大好き。ところが、真剣勝負のディスカッションを求めて熱くなり、口論を通り過ぎて「口撃」と受け取られることも多い。息子自身が留学経験のある友人たちから情報を集め、「海外の大学では白熱の議論が当たり前らしい。僕も、ヴェネツィアで大学に留学したい」と言い出した。

ドイツ留学を体験している博史も、賛成した。

　そこで、当初は、娘が日本に残り、息子と私たち夫婦の三人でヴェネツィアに行くことにした。娘が残ることは、十二歳の愛犬と八十九歳の義父がいることを考えても好都合だった。

ところが、イタリアの家族ビザが取れなかった。博史の就労ビザがあるのに、私と息子の家族ビザが下りない。

当時、シリアなどからの難民問題が深刻化していた。自国ファーストを訴えたトランプ大統領によってアメリカへの移民が難しくなった人々が、ヨーロッパで唯一受け入れを表明していたドイツを目指した。不法な手段でドイツ入りを試みる人も多く、そのルートの一つが地中海からアドリア海を経てヴェネツィア経由で山を越える道だと見なされた。そのために、偽造家族ではないことを証明する審査が大変厳しくなった。

ようやくすべての書類を提出し、ビザが下りるのを待っていたときに、突然、アパートの大家さんから「貸せなくなった」と連絡が入った。新しい条例ができて、賃貸物件には住居の見取り図を提示せねばならなくなり、提出したところ「ガスコンロが一つでは三人家族が生活するのに足りないはず。従って、三人家族に貸すとはみなされない。偽装家族の可能性があるから却下」という、とんでもない理由だった。ヴェニス国際大学からの紹介物件だったのに、テロを恐れる国の法律とその運用に愕然とした。

住まいが確定していないと、ビザも却下になる。大学事務所が奔走してくれて新しい住まいは見つかったが、日本で家族ビザを申請しても間に合わない。結局、事務所の勧めで、妻である私はとりあえず観光ビザで入国し、「家族である実績」を作って現地のビザ発給事務所に行く、息子は「呼び寄せ」にするのがよかろう、という結論になった。
八月三十一日、博史と私は二人だけで、ヴェネツィアに向けて発った。

ヴェネツィア生活

ヴェネツィアは美しい町である。車を入れない石畳の両側に歴史の風格を漂わせる石造りの家々。両手を広げれば壁に当たるような路地裏のたたずまい。色とりどりの花を飾った出窓の下を流れる運河。広場に出れば、空が青く高い。サン・マルコ広場の前に洋々と広がる海。振り返れば、万年雪をいただくドロミテ山脈が遠くそびえている。

散歩の道々には、壮麗な教会がかつての教区に一つずつ、個性を競って建っている。それら教会内部の大理石の柱、彫刻、絵画がまた素晴らしい。

さらに楽しいのは、一日五万人といわれる観光客相手のファッションや土産物やレストランである。「カンターレ、マンジャーレ、アモーレ（歌って食べて恋をして）」といわれるイタリアの粋が集まっている。

ファッションにしても、服もバッグも靴も、アクセサリーも小物も、素材が形が色が、人をわくわくさせてくれる。ウィンドウショッピングしているだけで、気持ちが高鳴る。最初の一週間で、私は「ああ、もっとスタイルがよかったら、どんなに人生を楽しめたことだろう」と嘆息した。次の一週間で「なんだ、どんなスタイルの人も自由に大らかに人生を楽しんでいるじゃないか」と開眼した。

　博史の勤めるヴェニス国際大学は、本島から船で十五分のサン・セルヴォーロ島にあった。元は精神病院だった施設を改築したもので、島一つが大学のキャンパスになっている。緑の芝生の中にオリーブの木が点在し、ベンチが置かれ、遊歩道がある。芝生に寝転んでパソコンを開いている学生もいれば、裸足になって本を読んでいる学生もそこここに。

　博史の研究室はピンク色と白の壁紙ですっきりとまとめられた清々しい部屋だった。大きな窓を開ければ、広い芝生が目の前に広がっていた。

「すごい環境ねぇ」

「うん。働かなきゃなあ」

　やる気に燃えていた。

　ヴェネツィアに住み始めて七日目の九月七日。博史の五十九歳の誕生日には、ちょっとおしゃれなレストランへ行った。こっそり店員さんに頼んで、サプライズを用意してもらった。食事を終えてデザートになったとき、店員さんが「ハッピー・バースデー」と歌いながら、キャンドルを立てたデザートを運んで来た。たちまち、その場にいたほかの店員さんも、お客さんたちも、みんなが合唱してくれた。

「グラッツィエ、グラッツィエ」

四方八方にお礼を言いながら、顔をくしゃくしゃにして、博史は笑っていた。

ヴェネツィアでは毎朝七時二十分に起きる。朝食はチーズとハムと野菜をはさんだパンとコーヒー。博史は八時に家を出て、八時十五分発の水上バスで出勤する。私は八時半の水上バスでイタリア語のクラスへ。ランチはお弁当のときもあれば、大学で待ち合わせて学食に行くときもある。夕食は、赤緑黒白のパスタを日替わりで。赤はトマトソース、緑はジュノベーゼソース、黒はイカ墨ソース、白はチーズのカルボナーラ。カルボナーラは博史が作ってくれる。ほかにスープと野菜サラダ。シンプルなメニューだが、パスタの種類が豊富なので全然飽きない。たまに魚か肉。特に魚は海鮮市場が近くにあるので、新鮮でおいしい。ムール貝など二百円も出せば、大きな器にいっぱい買える。オリーブオイルとバルサミコ酢をかけるだけで、野菜もおいしい。ジェラートは言うまでもなく。イタリア料理大好きの博史は大喜びだった。

料理が簡単に済むので、私にも時間の余裕ができる。二人で食卓を囲むたびに、その日の報告などをいっぱい話した。

あるとき、目を大きく開いた博史が、

「今日さ、イタリア人の先生から聞いたんだけど、イタリア国籍を取得するための試験に何が出ると思う？」

「イタリア語とか？」

「それは当然だろ。パスタの種類とソースの組み合わせが問題に出るんだって」

毎日が新鮮な話題にあふれていた。


授業も、順調にいっているようだった。心配していた英語も問題なく、むしろ日本の学生よりみんな積極的なので、質問や発言が面白いと喜んでいた。

アメリカ人やイスラエル人の教員ご夫妻と仲良くなり、お互いに行き来した。傍で聞いていても、博史の英語は格段に上達していった。

帰宅後や休日には、よく散歩した。博史は写真を撮るのが好きで、一眼レフカメラを買い込み、常に持ち歩いてはパチパチ撮り始める。一カ月乗り放題の住民用パスを買ったので、何回も船を乗り直してはカメラアングルを変えたり、海に落ち行く夕陽を写したり、目を輝かせて楽しんでいた。

大学主催の映画会やエクスカーションも頻繁にあり、家族も参加できる。同行のイタリア人やアメリカ人夫婦は必ず腕を組む。ちょっとはにかみながら真似をした。

息子が合流する前の一カ月余りを、私たちは、博史が言うところの「再びの新婚時代」を楽しんだ。まるで若者のように、これからの仕事を語った。次の休暇にはどこに行こうか、と計画を練った。ヴェネツィアから日本に帰る前にはクロアチアへ寄って行こう、などと相談した。


ヴェネツィアで、博史は生き生きと仕事をした。私はイタリア語を習って、レストランやお店などで、カタコトながら博史との会話の通訳をした。家にお客様を招くこともあり、二人で助け合って暮らした。

ヴェネツィアの歴史は、西暦四五二年に、ゲルマン民族に追われた人々が命からがら逃亡の果てにたどり着き、住み着いたことに始まる。日本では古墳時代後期、まだ国家らしい国家もできていない時代だ。

見る限りの茫々とした湿地帯。そこから、食べる物をなんとかし、住む所をなんとかし、子どもを産み育て、現在の威容を築いたのである。どんなに多くの人命が失われたことだろう。飢え死にした人がいるかもしれない。海に落ちた人もいるだろう。柱の下敷きになった人もいるのではないか。それでも人々は、この土地で民族の命脈をつないできた。十三世紀には、強大な海運国家として世界の海に乗り出し、マルコ・ポーロら商人を輩出した。一七九七年にナポレオンによって滅ぼされ、その後はオーストリアに支配される歴史を経て、一八六六年にイタリア王国に編入された。

現在のヴェネツィアは本島のほか一一七の小島を含んでおり、島々は約一五〇の運河と四〇〇を超えるともいわれる橋で結ばれている。人口はおよそ二十六万人、一日に平均約五万人の観光客が訪れる繁栄ぶりだ。

それらはすべて、祖先が生き延びてくれたからこそである。人々の希望と絶望の繰返しを想像せずにはいられない。

ナポレオンが「世界で最も美しい」と称えたサン・マルコ広場に立って、博史と私は「僕らの辞書から『絶望』という言葉を消そうね」と、冗談っぽく語り合った。

しかし、そのときの私は知らなかったのだ。希望がなくなっても生きていかねばならないときがあることを。ただ生きてあらねばならないという状況のなかでは、ほとんど思考停止状態になり、それが結果として命ながらえる場合もあるのだということを。

正式の家族ビザは結局、取得できなかった。

まず博史自身が就労ビザのほかに、ヴェネツィアの滞在許可証を取得する必要がある。就労ビザは外務省、滞在許可証は地方公安警察の管轄で、就労ビザは日本を発つ前に在日大使館で取得していたが、滞在許可証は現地で申請せねばならない。
九月早々、博史を含む新任教員たちは大学職員に連れられ、警察署へ申請に行った。発行されると、ホームページに受付番号が記載されるので受け取りに来い、という説明だった。ところが、待てど暮らせど、発行されない。

大学事務所に問い合わせると「年によって早かったり遅かったりするので、今年はいつになるか、わからない。数年前には、先生たちが半年の講義期間を終えて帰国した後に発行された」とのこと。

滞在許可証がなくても、就労ビザがあるので、生活には困らない。しかし、博史の滞在許可証がないと、私と息子の家族ビザが申請さえできない。
ビザがない場合は観光客扱いである。イタリアの場合、九十日間はビザ無しでＯＫだが、それを超えると不法滞在になる。いったん九十日滞在した後は、イタリアを離れて半年経たないと入国もできない。

何度か大学事務所から掛け合ってもらったが「まだできていない」の一点張り。息子に関しては、ビザが発行される可能性すらないと言われた。日本で大学を退学していたために無職無所属の若者となり、最も警戒されるレベルなのだという。

「万一、テロが起きたらどうするのか」父親が現地で勤めていて、就労ビザを持っていても、ノーだった。

息子はとりあえず十月に観光ビザで来て、三カ月間滞在し、その間にビザ申請をチャレンジすることにした。

私の家族ビザは、十一月に「仮許可証」という形で発行された。「夫である西原博史の滞在許可証は九月に申請済みである」旨をしたためた大学副学長の書面を持って、博史と共に警察署へ直談判に行き、勝ち取ったのである。これでようやくイタリアから出国しても再入国できる保証が得られた。

そこで、一度私一人が日本に帰ることにした。イタリアに来ればビザが下りると思っていたので、冬用の服も持っていなかったし、義父や老犬、家の事も気になった。日本の仕事関係者や友達にも会っておきたかった。

私は、十一月三十日に帰国し、十二月二十五日にヴェネツィアに戻った。ひと月近く離れて暮らすのは、結婚して初めてだった。博史とはほぼ毎日、メールかスカイプをした。実は私が単身で帰国したのには、夫と息子とを二人で生活させるという目的もあった。

大学を中退して進路に迷っている二十二歳の息子と、私は何度か話し合いをしたが、夫は忙しくて、あまり向き合っていなかった。

二人は、濃密な時間を過ごしたようである。博史はメールに「濃密すぎて、四日に一度はケンカしています」と書いてきた。それでも、美術館をめぐるなかで歴史の話をしたり、博史の大学行事に参加して同世代の学生さんたちと話したり、息子に言わせると「ママとはできない論理的な話がいっぱいできた」そうだ。

一度「今日は正博とケンカして、二人とも夕食抜きになった。おなか、減った」というＬＩＮＥもあったが、それでも父親に対して反抗的だった息子が心を開き、世界に目を向け始めているのを感じた。

日本に帰国中の十二月十七日、私は六十三歳の誕生日を迎えた。

博史がメールをくれた。

「お誕生日、おめでとう。あなたのお誕生日を離れて過ごすのはハジメテですね。寂しいです」

十二月二十五日、ヴェネツィアに戻った。空港まで、博史と息子とが仲良く迎えに来てくれた。

正博が「パパったら、朝早くから、ママが帰ってくるぞ、支度しろ、と大変だった。まだ時間あると言うのに、早くしろ、とうるさくて」と愚痴るのを、うれしく聞いた。

その夜は、三人でクリスマスのディナーに出かけた。

帰り道、息子に聞こえないように、博史がこっそりと、

「君の誕生日の食事には、良いレストランを見つけておいたよ。ちょっと値段が高いから、正博が日本に帰った後で行こうな」

誕生日プレゼントも考えてくれていた。店に連れて行かれ「これ、どう？」と、本革の手袋を見せてもらったが、私は「手袋なら、安物だけどほかに持っているから」と断った。そして、フェニーチェ劇場での「椿姫」観劇をおねだりした。当地に来て「ドン・ジョバンニ」は観たのだが、「椿姫」初演の劇場なので観たかったのだ。

博史は家に帰るとすぐにパソコンを開けて、チケットを予約してくれた。五月四日の切符だった。

事故

翌年の一月六日。博史は日本に発った。学会と、門下生の博士号審査などの仕事のためである。ヴェニス国際大学は冬休み中だった。

私は日本に帰ったばかりだし、博史は半月後には戻ってくるので、息子と一緒にヴェネツィアに残った。有り体にいえば、短期間に二回帰国する旅費を倹約したのである。

博史を送って空港へ行くときに、私たちはちょっとした、いさかいをした。チケット売り場で空港までの料金を尋ねたのだが、窓口の人の説明があやふやで、博史が怒ってしまった。

「そんなことを聞いているんじゃないっ」

英語で怒鳴るのを聞いて、私は不快になり、バスに乗ってから注意した。

「前にも言ったけど、しょうもないケンカはしないで」

「だって、こっちの質問にきちんと答えてくれないから」

「だからといって、あんなきつい言い方をすることないでしょ。昔高速道路の料金所でケンカしたときとちっとも変わってない」

「……」

高速道路の料金所でのケンカというのは、二十年近く前のことだが、お釣りの渡し方がぞんざいだった人に、博史が大声で「気をつけろっ」と怒鳴った一件である。

発車してから、私が怒った。

「怒鳴らなくてもいいでしょ」

「向こうが悪いんだ」

「だからって、あんな言い方をするもんじゃないと思うわ」

「お金が道に落ちて拾いに行くことになったら危ないじゃないか」

「その時はその時。あのね、さっきの人、六十歳は超えてる。ひょっとしたら、体調が悪かったかもしれない。腰が痛くても不思議じゃない。この仕事、あまり好きではなさそうだったけど、それでも、排気ガスを吸い続けながら、一日中立ちっぱで料金を受け取る仕事をやってるんだよ。世の中、好きな仕事に就ける人ばっかりじゃないのよ。そういう人を相手に、遊びに行く私たちがケンカするもんじゃないと思う」

博史はしばらく不機嫌に黙っていた。だいぶ経ってから「わかったよ。気をつける」と言った。

以来、時々「高速道路のおじいさんを相手のケンカはしないでね」というのが、暗号として使われた。それは「自分より弱い立場の人とはケンカしないでね」という意味である。ヴェネツィアのチケット売り場で窓口の人とケンカしたことが「高速道路の料金所での一件」を彼が忘れてしまったようで嫌だった。

ケンカの雰囲気は残っていたが、空港ではハグして別れた。

その後、乗換えのローマで、メールをくれた。「見送り、ありがとう」という内容で、チケット売り場での一件には触れていなかった。

博史が発ってから、ものすごい淋しさに襲われた。息子が慰めるつもりか、いろいろ話しかけてくれるのだが、耳に入らない。そこで、どうして今回のケンカが気になるのか、考えた。

そういえば、博史は二十二歳の息子とも本気で対等にケンカをするのである。私は「自分より弱い立場の人とはケンカしないで」と言ったが、博史はケンカをする際に、相手が自分より弱いか強いかを考えない。総理大臣であろうと、高速道路料金所のおじいさんであろうと、同じように腹をたて、同じ言葉で怒る。総理大臣が失脚しようとも、怒るべき案件があれば総理だったときと同じ怒り方をぶつけるだろう。反対にどんな人が総理大臣に成り上がったとしても、怒り方を変えはしないだろう。

立場とかいうものに気を遣っている私よりも、彼のほうが器がデカいなと思った。

その晩、メールで、そのまま書いた。

翌日「無事に着いたよ」という報告とともに、博史は次のように書いてきた。

「僕たちの言い合い（？）の分析をしてくれて、ありがとう。そうなんだよね。僕は、自分でも気づいていなかったけれど、プロでないやり方を見ると、腹がたつようです。その仕事を好きでやってるかどうかは関係ない。プロとして仕事しろ、と言いたくなるのです。心がけの悪いヤツには、職業が何であれ、腹がたつのです。

だけど、高速道路のおじいさんのようなお年寄りや体の不自由な人には、ケンカを売っちゃいけませんね。

僕はまだまだ人生についても勉強が必要ですね。これからもよろしく」

息子は三カ月の滞在を有意義に過ごし、一月十二日に日本に発った。

その日は彼の二十三歳の誕生日だった。前の晩に誕生祝いをレストランでし、ヴェネツィアの紋章であるライオンをかたどったキーホルダーをプレゼントした。サン・マルコ広場に行き、一緒に海を見た。息子は海に面して建つサン・マルコ寺院に向かって、何事か真剣に拝んでいた。

結婚して初めての十日間におよぶ一人暮らしが始まった。私はウィーンに出かけた。博史はメールで、オペラ座や楽友協会のスケジュールを調べて教えてくれた。

博史との朝食用に、ヴェネツィアでは手に入らないドイツパンを買い、博史の好きなモーツァルトクーゲルチョコをお土産に選んだ。

そして、一月二十日。海をへだてての遠距離メールは最後になると思い

「そろそろあなたのお声が聞きたくなってきました。気をつけて来てね。待っています」

と記した。

博史は、起きてすぐにスカイプ電話をくれた。

「僕も君の声が聞きたくなったから」

二人でとりとめのない話をした。彼はいつもと変わらぬ、ちょっとハスキーな明るい声だった。

「じゃあ、ね」

と言って、電話を切った。博史の息遣いが耳に残った。

博史は、国際憲法学会の日本代表理事に内定していた。日本国憲法について、世界に発

信できると楽しみにしていた。八月にニューヨークで行われる総会で理事に選出される予定だった。

「今年は英語の論文を二本、書きたいんだ」

「帰国したら、ヴェニス国際大学のやり方をゼミにも応用してみたい」

目を輝かせて、学者人生の第二幕について語っていた。ヴェネツィアでの体験、とりわけ英語で仕事と生活をするという体験は、彼の仕事にとって新たな一歩になるはずだった。

志半ばで逝ってしまった。

第六章　お別れの会とその後

お別れの会まで

大雪の中を帰宅してほどなく、早稲田大学社会科学部長、教務主任、事務所長の三人がおいでになった。私の帰宅時間に合わせてくださったのだ。

三人は、和室に安置された博史に深いお辞儀をしてくださった。

成文堂の社長がお帰りになり、その後、葬儀社の方を中心に葬儀についての話し合いを始めた。

「大学社会科学部との共催という形もできます」

学部長から思いもかけなかった言葉を聞いた。

「大学と共催していただけるのですか。ありがたいことでございます」

その場で、早稲田大学社会科学部と西原家との共催にすること、密葬後のお別れ会ではなく、葬儀を兼ねた「お別れの会」とすること、そのためには準備の日数が必要であること、平日ではなく土曜か日曜にすること、などが次々に決まった。

　事務所長が大学本部に電話をかけて、大学施設の空き情報を問い合わせてくださった。大学のシンボルと言うべき大隈講堂には動かせない予定が入っていたため、結局、五日後の土曜日に、国際会議場・井深大記念ホールを会場とすることが決まった。収容人数は、約四百五十人。何人の参列者になるのかまったくわからなかったが、大学の施設のなかでも博史が学会の世話役をしたときによく使っていた会議場を使えることになった。

　式は、無宗教とすることにした。博史が「既存の宗教団体とは一線を画して生きる」と宣言していた気持ちに添いたかった。西原家の祖先の祀り方は日蓮宗だが、お経やお線香は使用せず、献花していただくことにした。

　開会の辞は、学部長が引き受けてくださった。

　弔辞は、学会代表、友人代表、門下生代表の三人。お願いの電話をしたところ、即諾してくださった。門下生代表は、門下生どうし相談のうえで決まった。

　式次第が整った段階で、葬儀社の担当者から「奥様も、これでいいですか？」と聞かれた。

「一つだけ……もしできるなら、早稲田大学の校歌を入れていただけませんでしょうか。……西原は、十五歳で早稲田高等学院に入学し、それ以来ずっと、早稲田一筋に過ごしてきました。私どもは結婚式でも校歌を歌いました。最後に、西原を、校歌で送ってやりたいのです。せめて一番だけでも、時間を取れないでしょうか」

担当者が、静かな声で「大丈夫です。お入れしましょう」と、請け負ってくださった。

心からうれしく、ほっとした。

すぐに、早稲田大学ＯＢ合唱団の団長と副団長に「参列してくださる団員がいらっしゃったら、中心になって歌ってほしい」と依頼し、指揮者には壇上での指揮をお願いした。団長と副団長からは「了解した」、指揮者からは「心をこめて務めさせていただきます」という返信が来た。

また、早稲田卒業生の音楽関係十三団体が集まっている音楽連盟会長は「校歌で送る、と決めてくださったことにお礼を申し上げます」と言ってくださり、オーケストラＯＢの幹事からは「現役で伴奏をさせていただきます」というありがたい提案を頂戴した。

夕方からは、弔問の方々が次々に来てくださった。和室は人と花であふれた。電話はひっきりなしにかかり、ポストへの投函、電報、手紙、メールなどたくさん頂戴した。

ここでお名前を挙げることは控えるが、本当に慰められ、お力をいただいた。

遺影には、朝日新聞の取材を受けたときのものを選んだ。著作権の問い合わせをすると、フリーランスのカメラマンが撮ったものだった。あきらめかけたが、新聞社がそのカメラマンに連絡を取り、「ご自由にお使いください」という返事をもらってくれた。それを、ホール正面に掲げる八七センチ×一一〇センチの大きさに伸ばした。

開場での打ち合わせ、設営の立ち合いなどは、大学の事務所がすべてしてくださった。外部との対応の窓口でもあった。

葬儀社の担当の方は、会場と自宅とを何度も往復し、常に穏やかな態度でしっかりリードしてくださった。

近所の方や友達の差し入れで一週間、料理をせずに済んだ。食事を作る気力も時間もなかった私にとって、本当にありがたかった。

すぐ近くに住んでいる義父は毎日朝から晩まで傍にいてくれた。崩れた態度はみじんも見せず、どんと応接椅子に座っている姿からどれほどの勇気をもらったことか。

ところが、供花してくださった方々の名札の順で、義父と子どもが対立した。

元早稲田大学総長である義父には、懇意にしている政治家も多い。その政治家の人脈図が、博史のそれとは少し異なっている。義父は、どの政党ということなくお付き合いをするのだが、政府関係の仕事も多く、自然に自民党と関係が深い。対して博史は「憲法は権力者の暴走を止めるためのもの」という考え方から、時の政権に対してはアンチである。

義父と博史はとても仲の良い親子だった。義父が「好きな道に進んでいいよ」という姿勢でいたからこそ、博史は伸び伸びと自分らしい研究を進め、政権批判を展開できたのだ。「お別れの会」においても、義父はできる限り、博史の生き方と私や子どもの考えを尊重し、義父関係の政治家の参列と供花を断わってくれた。本心では大臣たちにも参列してもらいたかったようだったが、娘が「本当にパパのことを知っている人だけで送りたい。義理で来る人の参列はお断わりしたい」と、きっぱり言った。

義父は「わかった」とうなずき、次々にかかってくる電話のうち、政治家秘書には「お気持ちだけありがたく頂戴します」と断り続けた。

それでも、お花を供えさせてほしいと言ってくださる方々があった。その名札をどうするかで、もめた。

子どもたちは、アイウエオ順で名前を提示することを主張した。

しかし、義父は「役職や肩書を無視するわけにはいかんのだ。総理大臣経験者より上の序列に、自分の門下生の名前が掲げられるのは絶対にいかん」と言う。ついに声を荒らげてしまった。

「そういうことは、わしに恥をかかせることだというのがわからんのか」

それに対して、娘は「五十音順」と但し書きを付けておけば、序列などいらない。パパは人間に序列をつけるようなことは嫌いだった、と一歩も引かない。パパの生前の生き方を否定するようなことは娘として認められない、と言う。

娘が義父に物申したのは初めてのことだった。

結局、義父の関係者と、それ以外の方々とを分けて掲示することにした。義父と娘は、葬儀社が受け付けたお名前を、カルタ札みたいに分配していった。また当日の申し込みがあるかもしれないので、二人は私たちよりひと足早く会場へ行くことにした。

義父と子どもが初めて対立している。どちらの言い分もわかる私はどうすることもできなかった。義父はこれまでの人生を背負ってこれからも生きていかねばならないのであり、そのためには浮世の習わしや義理もあると考える。娘のほうは死んだパパの最後の見送りでパパの生き方と違うようなことは許せないと思っている。

睡眠時間がろくに取れていない心身の疲れのなかで、最善をと思いながらも、なにもかもがうまくいくということは至難だった。

お別れの会

お別れの会前夜、私は「喪主挨拶ができない」、とパニックに陥った。何を言っていいのかわからない。どんな言葉も出てこない。自分の心を殴りつけて、紙に考えをまとめようとするのだが、自分でも嫌になるような言葉しか浮かばない。

娘に強く言われた。

「ママ、お風呂に入ってきて！」

深夜二時を過ぎていた。

「そんな時間はないよ」

「いいから、お風呂に入ってきて。髪もぐしゃぐしゃだし、そのままではみっともない！」

気づいてみたら、ヴェネツィアを発ってから、お風呂に入っていなかった。確かに、このボサボサ髪ではホールの舞台に立てない。博史の妻として恥ずかしすぎる。

シャワーを浴びて、ようやくパニックから抜け出ることができた。

娘に相談にのってもらいながら、書き始めた。

博史が皆様に伝えたいことは何だろう。博史が私を媒介として言いたいことは何だろう。

後で知ったのだが、その時間、門下生たちもまた、徹夜していた。参列者に配布するリーフレットを作成していたのである。表紙には博史の写真とお別れの会の式次第。見開き左側のページには、上段に学歴と学位、経歴と学内行政のまとめ。下段に業績として、著書、編著、主要論文の一覧。見開き右側のページと裏表紙には「西原先生からのメッセージ」として、博史の著書からの抜粋《ばっすい》文。裏表紙には、博史がツイッターにあげていたヴェネツィアでの写真を二葉。カラー印刷の素晴らしいリーフレットである。

しかも、裏表紙の写真の上に囲み文で、以下の「御礼」まで添えられている。

「西原博史先生お別れの会を、関係の皆様方のご厚意とご尽力によりまして本日ここに滞りなく済ますことが出来ました。先生の遺徳を偲びつつ、ご協力くださいました皆様に、心から御礼申し上げます。」

門下生たちはそれだけでなく、当日ロビーで流すビデオも作成していた。式が始まる前にでも見ていただきたいと考えてのことだった。

睡眠時間を削ってくださった方々は、ほかにもいらっしゃる。

社会科学部の事務所の皆様は、一切の事務を引き受けてくださった。対外的な連絡、葬儀社との会場設営の打ち合わせと立ち会い、参列者の動線確保、ロビーでの受付配置、備品用意、等々。心底、申し訳なく思うのは、入試前の時期だったことである。ただでさえものすごく忙しいときに、間違いのないようにと、心を一つにして対処してくださった。

一月厳冬のなか、当日は早朝から剣道部の学生が、高田馬場から早稲田の会場まで交差点ごとに道案内に立ってくださった。

後で友達から聞いたのだが、高田馬場駅は喪服の方々であふれ、タクシー乗場も長蛇の列だったそうだ。仕方なく歩き始めたところ、交差点ごとに剣道部の学生が立っていて「ありがとうございます。この道をまっすぐお進みください」と礼儀正しくお辞儀されていた、とのこと。友達は「あなたのご主人は、学生さんに慕われていたのね」と言ってくれた。その言葉が、私にとってどれほど大きな力になったことか。

後日、剣道部長にお礼を申し上げたところ、「剣道をやっている人間なら、当たり前のことです」と、おっしゃった。その言葉が心にしみた。いつか「西原博史の妻ですから当たり前のことです」と言えるようにせねば、と思った。

出版社の成文堂では、社長はじめ会社をあげて、サポートしてくださった。当日、会場に着いた私は、受付場所となるロビーで円陣を組んでいる人々を目撃した。「博史先生のお別れの会です。間違いのないよう、しっかり最後までやってください」社長の言葉に社員の方々がうなずいていた。ダンボールを用意して、受付、御香典拝受、御記帳、会葬御礼の配布、一切の業務を万端抜かりなくしてくださった。

ビデオ撮影は、大学サークル時代の友人二人が二つ返事で引き受けてくれた。万一どちらかが失敗するといけないからと、カメラ二台を二カ所に設置しての撮影だった。このときのビデオは、数日後にはきれいな写真の表紙を付けて送られてきた。

ほかにも、多くの方々のお世話になったことと思う。気が動転していて、記憶が飛んでしまっていたり、私の耳に入らないところで力を貸してくださった方々もいらっしゃるだろう。この場を借りて、心から御礼申し上げたい。

つつがなくお別れの会を催すことができたのは、本当に多くの方々がお力を貸してくださったおかげである。

お別れの会に参列してくださった方は、千人を超えた。

その中には、最終講義を当日の午後に控えた早稲田大学総長もいらっしゃった。最終講義は、学者人生の総決算のようなものである。午前中は分刻みのスケジュールなので途中退席されると伺っていたのに、最初から最後まで参列してくださった。

会場に入りきれない人々が、厳しい寒さのなか、外で行列を作って献花のために並んでくださった。授業を終えて駆けつける学生もいて、なかなか列が短くならなかった、と後程聞いた。

喪主の座にいて、なによりうれしくありがたかったのは、開会の辞や弔辞がいずれも、血の通ったお言葉だったことである。ありきたりな言葉はひと言もなかった。心をこめて話をしてくださった。

博史は愛されていたのだ、と思った。いろいろなしくじりもしたし、嫌われるとわかっていても持論を曲げない頑固さもあった。「ケンカ上等」と、ヤンチャな子どもみたいに論争に飛び込んで行きもした。おべんちゃらが言えない。ヘラヘラと笑ってごまかすこともできない。口下手のためにいらぬ誤解をされることもあった。理想を追求するのに性急で、人と足並みをそろえずに突っ走ってしまうときも多々あった。

失敗すると、反省し後悔し、「僕はダメだなあ」と落ち込む。淋しがる。それでも、人前ではそんな素振りを見せずにがんばる。物事がうまく進まないとき、堂々として大人の風格を漂わせることはできなかったが、ガキ大将のように歯をくいしばって耐え抜いた。

そして、どんなときにも、人間を愛し、仕事を愛していた。論文や裁判の意見書などには睡眠時間を惜しんで、一字一句納得いくまでこだわっていた。何百人もの学生のテストの答案に丁寧に朱筆を入れていた。講演にも、市民講座にも、江戸川区の子どもたちとのゼミにも、喜んで出かけていた。誰からの質問も疎かにはしなかった。

失敗や挫折の多い人間や弱い人間をこそ、持ち前の大らかさで愛していた。人間は間違いを犯すもの、だから法律が必要なんだ、という姿勢に揺らぎはなかった。

「法律はいったん制定されてしまえば力を持つものだから、おかしな法律が制定されようとしていないか、制定された法律がおかしな運用のされ方をしていないかに注意を怠ってはならない。戦前の日本やナチスのように人間の命を軽んじる時代を作ってはならない。法律家はどんな孤独に耐えてでも人権と理想を守らねばならない」という信念を貫いた。

博史の声が聞こえた。

「恭子。皆様に、十分なご恩返しができなかったことに、ごめん、と伝えて。それから、こんなに素晴らしいお別れの会にしてくださって、ありがとう、と伝えて。皆様に出会えて、僕は本当に幸せだった。くれぐれも、ありがとう、と伝えてよ」

博史は五十九歳と四カ月で旅立った。短くても、中身の濃い人生だった。中身濃く生きることを許してくださったのは、周囲の方々である。

お別れの会は大幅に時間をオーバーしてしまったが、大学と葬儀社のご厚意で、最後の方まで献花していただくことができた。

後日、事務所から渡された御香典もある。授業やバイトのために参列できなかった方がわざわざ持ってきてくださったのだ。そのなかには、住所も名前も書かず「西原先生を尊敬していた学生より」とだけ書かれたものもあった。

その後

お別れの会の後も、様々な方々がお心を寄せてくださった。

ラジオで、新聞で、雑誌で、博史の業績が報じられた。「友人」という名前でラジオ番組のＤＪ宛てに投書してくださった方もある。それらの報道で初めて知ったという方々からもご連絡をいただいた。

友達とは、なんとありがたい存在だろう。

「お別れの会が済むまで、忙しいだろうから連絡を控えていた」「気が抜けて、体調を壊していない？」と、時間を置いて連絡してくれた方々もいた。深い心遣いが、身にしみた。

また、千人を超すご記帳カードから御香典返しのための参列者リストを作る作業は、とても家族ではまとめられず、娘や私の友達に「パソコン持参で来てほしい」と頼んだ。近くに住む友人を中心に、三日間、延べ二十人が作業に来てくれた。なかには「私はパソコン持ってないんだけど、何かすることない？」と言って来てくれた人もいる。申し訳ないが、冷蔵庫の整理をお願いすると、嫌な顔一つせず、きれいに掃除してくれた。

ヴェニス国際大学は博史の研究室前に写真を飾り、カードなどを受け付けると同時に、ホームページ上に特設サイトを設けてくださった。そのサイトには、十二月まで教えていた学生だけでなく、世界中の学者仲間がメッセージをお寄せくださった。

さらにまた、「西原博史記念」という名称での特別シンポジウムが催されたことは、学者として大変な名誉である。

二月に、大学の研究室と住まいを整理するために、娘とヴェネツィアに行った。義父からは「心痛むこともあるだろうが、しっかり務めを果たしてきなさい」と励まされた。息子は、ビザの有効期限を使い切っていたので、愛犬の凛太郎と留守番だった。

ヴェニス国際大学では、私たちの日程に合わせて、すべての教職員の方々が出迎えてくださった。会議室で、副学長や事務職員とお話しした。母国に帰っていた教員の方々は、心のこもったメッセージを大学宛に送ってくださっていた。「アクティブな言動と魅力的な笑顔を思い出す」というような内容が多く、博史がどれほど充実した時間を過ごしていたかを、改めて思った。

大学のコンピューター技師も顔を見せてくれた。日本大好きという彼は、博史と私がヴェネツィアに来た当初にガイド役を買って出て、ヴェネツィアの面白い路地や安くておいしい店、本土のマーケットなどを案内してくれた。博史と「今度ぜひ夕食にお招きしよう」と相談していたのに。

住まいの大家さんご夫妻は、「記念に」とヴェネツィアングラスでできたヴェネツィア貴族カップルの人形をプレゼントしてくださった。夫婦ぐるみで食事もし、次はイタリア料理を教えてもらう約束をしていた。小柄な奥さんが「パスタは夫のほうが上手なのよ。妻どうしはサラダを作りましょうね」と会話をリードし、博史は「うちと似たような夫婦関係だなあ」と笑っていた。そんな思い出を、大家さん夫婦と話した。

一カ月ぶりのヴェネツィアは、とんでもなく寒くなっていた。お腹と背中にカイロを貼り付けても、まだ凍える。それでも、相変わらず空も海も青く広い。町には芸術があふれ、人々はやさしい。博史が、愛した町である。

博史と一緒に暮らした最後の町がヴェネツィアでよかった、と心から思った。

四月。本来なら博史はヴェネツィアで英語の論文を書き、同僚の学者や学生たちに囲まれているはずだった。

早稲田には九月に復帰する予定で、それまでの授業や大学院と学部のゼミ指導はほかの先生方にお願いしていた。その先生方に、九月以降も引き続いて受け持っていただけることになった。ヴェネツィアに行く前に博史が「ぜひに」とお願いした先生方である。一人決まるたびに「よかった、この先生なら安心してお任せできる」と喜んでいた。

また門下生の指導、学部や学会の仕事、その他すべて、多くの先生方がこれ以上は望めない良い方向に収めてくださった。

中途で旅立った博史が一番申し訳なく思っていたのが仕事途中で退任することだったに違いなく、多大なご配慮とご尽力をくださった社会科学部と大学、教職員の皆様方、学会関係の皆様方に、改めて厚く御礼を申し上げたい。

早稲田大学からは「名誉教授」、日本教育法学会からは「名誉理事」の称号を拝受した。学者人生の誉れである。

証書が届く都度、遺影の前に供えて報告した。

「あなた。おめでとうございます。本当に良いお仕事をなさいました。それがこうして、お認めをいただきました。何よりだわね」

「望外だよ」

照れて微笑む博史の顔が見えた気がした。

終章　あなたへ

博史のいない日々

家から外に出るのが怖い。心臓がどきどきする。

食料品を買いに出て、カップルの姿を見ると、羨ましくて仕方がない。若いカップルでも年配のカップルでも、羨ましい。

町のどこを見ても、博史との思い出がよみがえる。どの店先にも、博史と交わした言葉がある。思い出すたびに、彼とはもう会えないのだ、と心臓に杭を打たれる。

パートナーを若くして亡くした友達が「思い出のあることを、とても辛いと思ったけど、時間が経つと、その思い出が心を温めてくれるよ。時間しか癒してくれるものはないから、焦らないで」と慰めてくれた。「時間薬」という言葉を教えてくれた友達もいる。だが、時間薬など、ちっとも効かない。

どんなにもだえても、時間を戻すことはできない。

あなたを取り返すことができない。

できるなら、私は自分の残りの人生の半分を、あなたにあげたい。あなたと半分こして、一緒に暮らし、一緒に死にたい。

君と一日でも多く暮らしたい、とあなたは言った。私もそう願った。あなたのいない一日は長すぎる。この世で逢えないなら、一日でも短いほうがいい。さっさと切り上げて逢いに行きたい。逢える可能性のある所へ行きたい。

あなたに逢いたい。声が聞きたい。せめてもう一度。

なのに、毎日毎日、生きている限り、逢えない日々が続いていく。


淋しがりの博史が、泣いていないだろうか。一緒に来てくれよ、と言っている声が聞こえる気がする。あとを追いかけて行きたい。

博史はなぜ死んだのだろう。なぜ、私でなく博史が逝かねばならなかったのか。

なぜ博史が逝って、私が残っているのか。

博史は生きているべき存在だった。私よりずっと、生きるべき理由があった。

博史がかわいそうでならない。まだ五十九歳だった。やりたい仕事に燃えていた。英語に自信を持つことができて、国際憲法学会の理事にも就任し、世界に羽ばたこうとしていた。

書きたい論文の構想もあった。早稲田で門下生や学生たちと再会するのを楽しみにしていた。

どんなに無念か。

諦めて天国に行けとか、成仏して、などかわいそうでとても言えない。

代わってあげたかった。今からでも代われるものなら代わりたい。嘘じゃなく、そう思う。

「代わりに私が行くわ」と志願して旅立つ自分のほうが、「なんで逝っちゃったの」と酔いつぶれている自分より、ずっと自分で自分を許せるのに。

深夜に目が覚める。隣に、いるべき人がいない。いつも聞いていた寝息が、聞こえない。

ダブルベッドで手を伸ばせば、いつでも掴めた温かくて骨ばっていて大きな手が、無い。

博史は、いない。いない。いない。

逢えない。逢えない。寝息を聞くこともできない。

私が生きている限り、逢えない。

深夜のシーンと静まり返った空気が、まるで死人の世界のように思える。いっそ死人の世界なら、博史に逢えるかもしれないのに。

深夜の寝室には、生きている気配がない。独りぼっち。

淋しさが、全身をつぶしていく。

苦しんで、もだえて、へばっていた明け方、ふと、気がついた。私が死んだら、娘と息子が結婚する際の両家の顔合わせにふた親ともいないことになるのだ、と。

起きられるだけ起きていて、眠くなったときに寝ることにした。夜中に目覚めて感じる淋しさが、耐えられないから。いっそ、起きていればいい。無理に世間様の時間に合わせて寝たり起きたりする必要はない。

就寝が深夜三時になり、四時になり、五時になった。起床は午前十時。その頃だと、窓の外から社会が動いている気配がする。独りぼっちの淋しさがまぎれる。

それより遅いと、散歩を待ち切れない愛犬の凛太郎が、体をすり寄せて起こしに来る。やさしい性格なので、絶対に吠えない。ちょっと怒った風で「ねえ、僕のお散歩は？」と甘えて催促する。凛太郎のおかげで、起きねばならぬ理由ができ、寝込まずに過ごせた。

お別れの会から三カ月後、帰宅した娘が私を見て、ギョッとした表情になった。そして強い声で、

「ママ、明日は何がなんでも家から出て。百メートルでもいいから、歩いて！」

私は、普通の顔ではなかったようだ。

ちょうどその頃「そろそろランチでもしない？」と、友人たちが声をかけてくれた。

少しずつ、外出し始めた。だが、ランチ会の店で「伊藤《いとう》若冲《じゃくちゅう》展」のポスターを見たとき、一瞬、呼吸が止まった。東京上野の美術館で博史と二時間並んで観て、その後にお寿司を食べた思い出がよみがえった。友達に知られないように、コップの水を飲んだ。


六月、発酵食品関係のウェブに、お料理記事を書く仕事を頂戴した。新聞や茶道家元、老舗料亭の広報誌でライターをしていたことが役に立った。好きな料理をして、それを書いて仕事になる。がんばらなきゃ。

合唱団にも復帰した。

できるだけ何事もなかったように振る舞っていたつもりだが、親しいメンバーの一人から「顔が険しいですよ」と言われた。「そんな顔をしていたら、話しかけにくい。辛くても、無理にでも笑い顔を見せて」

そのお叱りに、よく言ってくださったと感謝した。だが、外で笑顔を作って帰宅すると、ぐったり疲れる。笑うというのは、なんとエネルギーのいることだろう。

悲しみが大きいほど、心に厚い氷を張らねば日常を暮らしていけない。南極の深海の水温が低いほど氷山が高くなるかのように。

それでも、どんなに冷たい深海でも、生き物はいることを想像できるようになった。命を育んでいるものがいる。氷山の下で、生きているものがいる。

しばらくすると、「無理にでも笑え」と言ってくれた友人が「だいぶ顔が柔らかくなったね」と、やさしい声でほめてくれた。

思い出した。「元気な身体、明るい笑顔、やさしい言葉」。この三つが私のモットーだった。たとえ寝たきりになったとしても、微笑みを見せることで仲間を勇気づけられる存在でありたいと願っていたのだった。

一年後の命日、遺影の前は、博史の好物とお花であふれた。一般的に、葬儀には出ても一年後に日にちまで覚えている人はどれほどであろうか。義理ではなく、わざわざ好物やお花を贈ってくださる方々が、こんなに多くいてくださる。博史と、遺族である私たちに心を寄せてくださっている。これが真心というものかと、ありがたさに頭が下がった。

二〇二〇年五月。コロナの感染拡大予防のため、合唱団もランチ会も自粛が求められていたとき、「命　つながり」というテーマでの公募があることを知った。エッセーでも小説でも、ジャンルは問わないという。博史のことを書きたいと突き動かされた。

私の命は私だけのものではない。博史とめぐり逢い、博史と愛し合い、博史との子どもを授かり、博史とつながって生きてきて、今がある。

いや、もっと前から、父が特攻隊で死なずに生還してくれたから、私の命がある。

でも、なぜ生まれてきたのか。なぜ死なないで生きているのか。なぜ夫が死んで私が生きているのか。この問いの答えが、どうしても見つからない。

ただ、死ぬべきときが来るまでは生きる、と決めた。博史が「恭子、頼むよ」と言っているのを感じるから。亡くなった父や母も、私が生きることを望んでいると感じるから。

五十四歳で父と死に別れた母は、その後三十六年を生き、八年前に亡くなった。

「ほんまにしんどなったら、お父さんに『助けて』と頼むんや。そしたら、必ず助けてくれはった」

そう言っていた。

博史に見守っていてほしくて、博史に見守られていることを感じたくて、キーボードを叩いた。

八月に審査結果の通知があり、幸いなことに「本にしませんか？」という提案をいただいた。子どもたちとも相談して、出版に向けて動くことにした。

だが、衝動的に書いて応募した初稿と違って、書き直し作業が、きつかった。納得のいく内容にしたいと改稿させてもらうことにしたのだが、思い出をたぐることは、蓋をした感情に向き合うことだ。叫び出したくなる。一枚見直すたびに、庭の雑草を抜くなど、心を元に戻す時間が必要だった。一日作業した次の日には、ベッドから起き上がれなくなる。自分を叱ると、ますます起きられない。ぼうっとしたまま回復するまで長い時間を待つ。自分で自分がどうにもならない。

それでも、博史と向き合いたかった。博史と共に歩んだ日々を、自分の中に落とし込んでおきたい。このままではいつまで経っても、雲の上を歩いているみたいで、ふわふわと足元がおぼつかなく、雲に開いた穴からいつ真っ逆さまに落ちていくか、不安で仕方がない。足を置く地面がない。怖くて、一歩が踏み出せない。

いつ頓挫するかと自分でも恐々とするなか、それでもこの場から動き出さない限り歩けなくなってしまう、ここでへたばったら子どもたちにも嫌われてしまうと、子どもから見棄てられる恐怖に鞭打たれて、ちょっとずつちょっとずつ、書き進めた。

博史が、私を心から愛してくれていたことを改めて思い知った。

それに対し、私は充分に応えていたか。否、愛し足りなかった。

義母が仕事を持つことに反対して、「恭子さんに、仕事なんか焦らなくてもいいのに、と言いなさい」と博史に命じたとき、私は「仕事を持っている女性が好きなんだと、ちゃんと伝えてください」と頼んだ。博史は実行してくれた。

バカな私。その結果は、義母を悲しませたのではなかったか。ひとり息子の博史に、わざわざ義母の感情に逆らうようなことを言わせる必要がどこにあった？　それより私自身が義母ともっと早く向き合うべきだった。そして、子どもたちを保育園に通わせていることを白状すればよかった。内緒にしていたために、運動会に招くこともしなかった。義父母にとっては、我が家の子どもたちだけが孫なのに。幼い孫が懸命に駆けっこしている姿は、どんなに義父母を喜ばせたことだろう。

博史と、彼につながる人々を、もっと大切にすべきだった。彼が喜ぶことをしてあげるべきだった。

彼をもっと愛するべきだった。もっともっと彼を慰め、ほめたたえ、私の胸で憩《いこ》わせてあげればよかった。

私には理想の家庭像があった。妻が、母親が、生き生きと仕事をし、家事もし、笑いの絶えない家庭。母親がキラキラと輝いて、大人になるってこんなに素晴らしいんだ、と子どもに示したかった。そういう母親でいてこそ、夫からも愛されると思っていた。自分はまだまだダメだ、とずっと思っていて、そんな自分が嫌でイライラすることも多かった。博史のやさしさに、私は甘えていたのだ。がむしゃらな努力もせずに、だらだらじくじくのうのうと過ごしていた。

私は博史の愛に十分に応えてはいなかった。大バカだった。

もう一度逢いたい。逢って、心から謝りたい。

虹を作る約束

夫婦で交わして、果たせないまま残ってしまった約束を思い出した。「一緒に長生きして、虹を作ろう」という約束。

ヴェネツィアに着いて一週間ほど経った昼下がり、二人で、海に面している喫茶店でコーヒーを飲んでいたときのことだ。

博史が不意に、「定年になったら、ハワイに行こうか」と言い出した。

「突然、ハワイ、ですか」

「地中海に浮かぶヴェネツィア島に来たからには、太平洋のハワイ島にも行かないと不公平だろ」

よくわからない理屈を言って、誘いかけるような笑い方を見せ、

「旅行雑誌で知ったんだけど、ハワイのことわざでさ、No Rain, No Rainbow. というのがあるの、知ってる？」

「雨が降らなきゃ虹も出ない、かしら」

「虹を見に行こうよ。約束だろ」

あ、と思った。

「覚えてくれてたの？　ずっと」

「もちろん」

驚いた。結婚披露宴の二次会での話なのである。

新郎新婦である私たちに質問をぶつけるコーナーがあった。

博史の先輩が、「ネットで知り合ったそうだけど、そんなんでうまくいくの？」と口火を切ると、場内がワアーっと沸いた。参加者の多くがその点を聞きたかったらしい。

博史はしれっと
「ケース・バイ・ケースだと思います。僕たちは大丈夫です」

またワアーっと沸いた。その歓声の中から「ほんとに大丈夫かよ」というセリフが聞こえた。

司会者に促され、私にもマイクが渡された。内心で私は、この質問ちょっと失礼やなあと思っていた。京都人だったら、面と向かっては絶対に言わない質問だ。つい立ち向かってしまった。

「ご心配ありがとうございます。大事なことは、どんな出会いをしたかということよりも、結婚した後にどう過ごしていくか、だと思います。尊敬している先輩に教えてもらった、英語のことわざがあります。『虹を作るには、太陽と雨の両方が必要だ』というものです。これからいろんな時期を、一緒に乗り越えていつか二人で虹を見たいと思っています。よろしくご指導ください」

マイクを置いた途端、生意気なことを言ってしまったと後悔した。会場の反応は記憶にない。

その夜、二人きりになったときに、恐る恐る「生意気だったかしら？」と尋ねた。

博史は、くしゃっと笑って、

「いいよ。僕、生意気な人が好きだから。みんなもわかってるから。英語の原文、なんというの？」

「It takes both the sun and rain to make the rainbow.」

「いいね、そのことわざ。晴れた日と雨の日と、二人で一緒に経験して、一緒に長生きして、一緒に虹を作ろうな」

結婚した最初の夜の約束だった。


ヴェネツィアで、二十六年ぶりに、私たちは新婚時代を思い出していた。

目の前を、大型船が悠々と行き交っていた。九月の風が、心地よかった。

「定年になったら、すぐにハワイに行こう」

早稲田大学教員の定年は七十歳。そのとき、私は七十四歳。二人一緒に暮らす老後を夢見ていた。


虹も太陽も雨も、人生の暗喩である。だが、博史の死去が雨だというなら、ひどすぎる。

それなら、一生、虹なんか見られなくていい。虹ほどの幸せはなくていいから、博史がいなくなるという不幸に遭いたくなかった。博史と一緒だから、雨にも耐えられ、晴れを喜べた。

そもそも博史のいない世界には、虹など無い。この先、どれだけ長生きしても、もう見たい虹なんか無い。

「愛してるよ」といつも言ってくれた男。

「ありがとう。私も愛してるわ」と迷いなく返せた男。

「あなたは男のなかの男よ」と本心で言えた男。

あなたに逢いたい。声が聞きたい。


二〇二〇年中に仕上げる予定だった完成稿が、年を越しても出来上がらない。

二〇二一年一月二十二日。博史の三回目の命日。その日も机の前にただ座って一行も書けなかった。

一月末日になり、二月末日になり、三月になった。ライターを職業にして以来三十年余、原稿の締め切りに遅れたことは一度もない。プロなら当然だと威張っていた私が、この体たらく。

コロナ禍でステイホームが続くなか、友達とささえ会うこともなく、私はただ博史との日々を思い出すことで過ごした。


よみがえるのは、博史の言葉である。

「言えよ。言ってくれないとわからないじゃないか」

と言い続けた博史。

「言わなきゃわからないの？」

と思い続けた私。そんな私を、博史は変えてくれた。

「言ってくれなきゃ、わからないよ。僕はそんなにわかってあげられる人間じゃないんだ」

「じゃ、言わせてもらいますけど」

「うん」

ここで博史が、聞くモードにスイッチオンしてくれる。

博史が「言ってくれよ」と言い続けてくれたおかげで、私たちは互いをリスペクトし続けられた。


けれども、幸せだった日々を思い出せば思い出すほど、あの日々は二度と還らないのだという現実が刃になって心を突き刺す。博史に逢いたい逢えない、という思いが堂々巡りを繰り返す。

門横の紅梅が咲き、水仙が咲き、山椒の新芽が出始めた。紅梅は博史と一緒に青梅まで行って買ってきた、水仙は友人が「元気を出してね」と球根をくれた、山椒は「お料理に使うでしょ」とお隣さんがくれた物。

今年の冬は雪も雨も少なかった。水やりが欠かせない。三月三日の昼過ぎ。梅にじょうろから水を落としたとき、小さな虹が出た。

どきりとした。その瞬間、博史が傍にいる気がした。「言ってくれよ」という声が胸に聞こえた。「博史さんっ」と声のしたほうを追いかけたが、二度とは聞けなかった。何もなかった。気配だけが私の胸の内に残っていた。

夢だったかもしれない。白昼夢か。四六時中、思い詰めていたから、深層心理の中の博史が現れてきたのか。

いや、どうでもいい、そんなことは。

博史の言葉が、残っている。「言ってくれよ」と。

あなたへ

博史さん。今、どこにいますか。何を見ていますか。淋しくはないですか。

あなたが旅立ってから、三年が経ちました。あなたが出張するたびに、私たちはメールでいろんな話をしましたね。あなたがどこにいるのかわからないけれど、思いは届くと信じて、書いてみます。

以前、帰宅がいつも遅くて、「もう少し自分の体を大事にして」と苦言を呈した私に、あなたは「僕は君に、ほうら僕と結婚してよかったでしょ、と言いたいからがんばってるんじゃないか」と言ってくれましたね。今度は私があなたに「ほうら、私と結婚してよかったでしょ」と言う番ですね。頭では、そうあらねばと理解しています。でも、どうしても力が出てこないのです。

私はただ、あなたに逢いたい。だったら、逢うために、死ぬか。

それこそ、あなたに叱られますね。「見損なった」と言われるでしょうね。それだけは嫌です。あなたに、見損なったと言われる女には、なりたくない。

あるいは、やさしいあなたは「僕のせいだ、ごめん」と謝るかもしれません。それも嫌です。私はあなたに謝らせたくはありません。

あなたに再会したときに、言ってほしい言葉は、「君が僕の妻でいてくれてよかった、ありがとう」

そうしたら、私は返します。「愛したあなたに愛されて、幸せでした。ありがとう」

その一念にしがみついて、これから先を生きていけばいいのでしょうか。

そんなことを考え続けていたら、今日、虹を見ました。あなたと一緒に選んだ梅の幹の手前で。

小さいけれど、とてもきれいな虹でした。


博史さん。「虹の橋」という言葉を知っていますか。

昨年九月、愛犬の凜太郎が、あなたのもとへ行きましたよね。十五歳と九カ月、東京都獣医師会から長寿の表彰もしてもらい、二カ月間の寝たきり生活の末に天寿を全うして。

その折に、動物病院のスタッフさんから「動物たちは、お別れを迎えると天国の少し手前にある、虹の橋という楽園に向かいます。そこでいっぱい食べて遊んで健康な体を取り戻し、ときが来たら虹の橋を渡って行くのです」と、教えられました。

博史さん。あなたも虹の橋を渡ったのですね。そして、凜太郎をお迎えに来たのでしょうね。凜太郎が、尻尾をぶんぶん振って、大好きなパパに飛びついていった様子が目に浮かびます。元気だった頃の散歩のように、あなたの足元で、あなたの顔を見上げながら、先になり後になりピョンピョン跳ねながら、虹の橋を渡って行く姿が。

いつか、私のときにも、どうか虹の橋まで、お迎えに来てくださいね。凛太郎を連れて。

いったいどんな橋なのでしょうか、虹の橋って。

なんだか、人によって違うような気がします……。その人の生前の生き方によって、色や形が様々な橋になるような。あなたの虹の橋は強くて立派な橋。でも私の橋は……自信ないなあ。

私は、こんな想像をしています。誰でもみんな、この世から旅立ったとき、虹の素《もと》を持って行くのです。その虹の素は、その人が生きた証し。どのように生きたかの結晶なのです。

七色だけでなく、万の色があります。悲しみの色、淋しさの色、口惜しさの色、怒りの色、喜びの色、楽しさの色、幸せの色……。生前の辛い思い出や憎んだことなんかも、悔いなく旅立つことができればきれいな色に昇華され輝いている気がします。

亡くなった人は、定められた場所に来ると、持っている虹の素をパァーっと振りまきます。まるで、童話の花咲か爺さんの灰のように。そうしたら、大空に虹の橋が架かるのです。

私の虹の素は、全部灰色がかっているわ。くすんでいて、輝いてもいない。涙の粉にまぶされているからかしらん。あなたとお別れしてから、まだきちんと泣けていないから。

でもいつか、きれいな色に変えて、きれいなきれいな虹の素に仕上げて、持って行きたいと思っています。

だけど、私の虹の素だけではきっと足りないわ。だから、力を貸してくださいね。あなたの虹の素も一緒に混ぜ合わさせてくださいね。

いつか、橋の向こう側までお迎えに来てくれたとき、あなたは向こう側から、私はこちら側から「せーの！」って一緒に叫んで、虹の橋を作りましょう。

美しく輝く、虹の橋。あなたと私を結ぶ橋。

私はその橋をまっしぐらに駆けていって、あなたの胸に飛び込みます。抱き止めてくださいね。

「ほら、私たち、こんなにきれいな虹を作ることができたのね」と、肩を抱き合って一緒に眺めましょう。

そのとき、私たちの虹が、生者の世界で悲しみや辛さを抱えている人々に届きますように。泣いている人々が「あ、虹が出てる」と気づいて、少しでも笑顔になり、顔を上げて歩み続けてくださいますように。

あなたと一緒に作る虹が美しいものとなるように、私はこれから、なけなしの力を振り絞って生きてみます。

あなた。どうか見守っていてくださいね。

あとがき

本文中にも書いた通り、この拙著は「命　つながり」という公募のタイトルに触発されて書き始めました。急逝した夫・西原博史との「つながり」を再確認したかったのですが、書き終えた今、つながりとは血縁や家族に限らず、人生の中で接点のあった方々との「ご縁」や「絆」というものだと強く感じています。

あの日から、三年と八カ月が経ちました。この春には、江戸川区子ども未来館法律ゼミで小学校六年生だった子どもたちが中学校を卒業して高校生になり、同僚だった方々のうち何人かが定年退職されました。

三年余りというのは、それほどの変化をもたらすに足る年月ですのに、大勢の方々が「ご縁」の糸を切ることなくつないでくださっています。

西原博史は果報者でした。生前も逝去後も、本当に多くの方々に助けていただきました。おかげさまで、家族である私どもも、お力とお励ましを頂戴しております。

心より、厚く御礼を申し上げます。

この「あとがき」を編集部に提出する直前に、門下の方から「西原先生を追悼する本ができました」というメールを受け取りました。

その本は、博史がヴェネツィア行きを前にして基本構想を示し、逝去する数日前に第一回研究会を開いた、まさにやり残した仕事でした。

『人権と社会的排除　排除過程の法的分析』（成文堂）という書名で、内容は「多数派に有利な形で選択され、現在のすがたとなるに至った社会構造に内包される排除の装置に抗する法規範の可能性を提示する」もの。博史が常に念頭に置いていた課題です。

「序」には「西原が問うた問いと熱意は『不在の在』として残り、西原の考えに触れた人々の中で応答を待ち続けるであろう。本書もまた、そうした応答の一つとして編まれたものにほかならない。」と書いていただいています。

泉下の西原が、深く頭を下げて御礼申し上げているに違いありません。同時に「どうかこれからも、問い続けてください」と頼んでいることと思います。

アフターコロナといわれる社会は、果たして人々を幸せにする方向に向かっているでしょうか？　格差社会のひずみが大きくなり、命を軽視する社会になり始めていないでしょうか？　「つながり」のある人々、とりわけ次世代の人々が不幸にならないために、私たちは今できることをしているでしょうか？

エラそうなことは言えません。私自身は、博史と別れた時から止まってしまった時計を身体の中に抱えているような日々を過ごしています。ですが、この拙著を書き終え、「あとがき」出稿の直前に、あたかも博史からメッセージを送られてきたような気がしているのも事実です。

「もうちょっとがんばってみたら」と、博史は子どもや私に、よく言っていました。それは、博史が自分自身に言っていた言葉でもあります。悩み模索しながら、「もうちょっとがんばってみよう」を積み重ねた人生でした。大いにがんばるほどの力はなくても、もうちょっと。今日はダメでも、明日に。明日がまだダメなら明後日に。

この本を手にしてくださった方に、お願いがございます。どうか、お命を大切になさってください。もしも、死にたいほど苦しいのなら、それはあなたが悪いのではなく、社会が間違っているからかもしれません。よく考えて、発信してみてください。「言ってくれよ」と、西原博史は言い続けているはずです。どうか天寿を全うなさってくださいますように。

この本の中では、西原の師である大須賀明先生と、私の師である小國英雄先生のお二人のみ実名をあげさせていただきました。すべての方のお名前をあげることは難しく、また実名をあげてほしくないと思われる方もいらっしゃるのでは、と危惧したからです。本来なら、お一人ひとりの了解を得てお名前を掲載して御礼申し上げるべきところですが、お許しくださいませ。

出版にいたるまで、幻冬舎ルネッサンス新社編集部にお世話になりました。くじけそうになる度に、適切に導いてくださいました。ありがとうございます。

最後に、私事ですが、家族に感謝の言葉を捧げます。亡き義母・西原幸子、父・福田耕三と母・福田早苗。亡き親たちこそ「不在の在」として、人を愛することとその行動規範を今も教え続けてくれています。それから、生きている家族に。九十三歳になる義父・西原春夫からは、凛として生き抜く姿勢を日々学ばせてもらっています。娘・千博と息子・正博はそれぞれに、私の生きる力の源です。

二〇二一年九月七日

福田恭子

あなたと虹《にじ》を作《つく》るために

2021年9月17日　第1刷発行

著　者　　福田恭子
発行人　　久保田貴幸

発行元　　株式会社 幻冬舎メディアコンサルティング
　　　　　〒151-0051　東京都渋谷区千駄ヶ谷4-9-7
　　　　　電話　03-5411-6440（編集）

発売元　　株式会社 幻冬舎
　　　　　〒151-0051　東京都渋谷区千駄ヶ谷4-9-7
　　　　　電話　03-5411-6222（営業）

印刷・製本　シナジーコミュニケーションズ株式会社
装　丁　　立石愛

検印廃止

Printed in Japan
ISBN978-4-344-93596-9　C0095
幻冬舎メディアコンサルティングHP
http://www.gentosha-mc.com/